날개 · 봉별기 외

책임편집 박덕규

경희대 국어국문학과를 졸업하고 단국대 대학원 문예창작학과에서 박사학위를 받았다. 현재 단국대 문예창작학과 교수이다. 시집 『아름다운 사냥』, 소설 『함께 있어도 외로움에 떠는 당신』 외 다수가 있으며 평론집 『문학공간과 글로컬리즘』 등이 있다.

한국 문학을 읽는다 13

날개 · 봉별기 외

인쇄 2014년 8월 15일
발행 2014년 8월 25일

지은이 · 이상
펴낸이 · 김화정
펴낸곳 · 푸른생각
책임편집 · 박덕규 | 교정 · 김소영

등록   제310-2004-00019호
주소   서울시 중구 충무로 29(초동) 아시아미디어타워 502호
대표전화   02) 2268-8706(7) | 팩시밀리   02) 2268-8708
이메일   prun21c@hanmail.net
홈페이지   www.prun21c.com

ⓒ 푸른생각, 2014

ISBN 978-89-91918-35-1 04810
ISBN 978-89-91918-21-4 04810(세트)
값 11,500원

청소년의 꿈과 미래를 위한 양서를 만들고 있습니다.
잘못된 책은 푸른생각이나 구입처에서 교환해 드립니다
이 도서의 국립중앙도서관 출판시도서목록(CIP)은 서지정보유통지원시스템 홈페이지(http://seoji.nl.go.kr)와 국가자료공동목록시스템(http://www.nl.go.kr/kolisnet)에서 이용하실 수 있습니다. (CIP제어번호: CIP2014022974)

한국 문학을 읽는다

날개·봉별기 외

이 상

책임편집 박덕규

푸른생각
PRUNSAENGGAK

결심하라. 그러면 홀가분할 것이다.
— 헨리 워즈워스 롱펠로(미국의 시인, 1807~1882)

영원한 이단의 매혹

— 이상의 소설

이상은 한국이 일본의 식민지가 되던 해 서울에서 태어나 1937년 그 식민 종주국의 수도인 도쿄에서 병사한 문학인이다. 그는 1930년대 한국 문단에 혜성처럼 나타나 다양한 형태 실험과 자의식적 기술 양식을 실천한 모더니즘 문학으로 명성을 날렸다. 기존의 가치관으로는 수용이 불가능한 그의 문학과 생애는 광복 후 20세기 후반에 걸쳐서까지 꺼지지 않는 관심과 사랑을 이끌어왔다. 100년을 넘긴 한국 현대문학사에서 이상만큼 다양한 화제를 불러 모은 사람은 없다고 할 수 있을 정도다.

이상은 3세 때부터 부모 집을 떠나 큰아버지 밑에서 성장했고, 어른이 되고 문단 활동을 할 때는 본명인 김해경(金海卿)을 버리고 주로 이상(李箱)이라는 필명을 썼다. 1930년 조선총독부 기관지 『조선』 2월호부터 10개월 동안 첫 장편소설 「12월 12일」을 연재하고, 이듬해 7월 『조선과 건축』에 일본어 시 「이상한 가역반응」을 시작으로 연작시 「조감도」, 「3차각설계도」 등을 발표한 이후 시, 소설, 수필에 걸쳐 두루 자신이 처한 불안한 상황과 황량한 내면을 새로운 표현 기법에 담아냈다.

그의 문학은 초기부터 어려운 한자와 일본어를 구사하거나 숫자나 기하학의 기호를 삽입하고 띄어쓰기를 무시하는 등으로 형식 파괴가 예사로웠다. 이러한 특징이 일반 독자들에게까지 뚜렷이 알려지게 된 것은 『조선중앙일보』에 시 「오감도」를 연재하면서부터이다. 그런데, 이 연재물은 독자들의 항의로 예정된 30회의 반밖에 연재하지 못하고 15회에서 중단되고 만다. 당대 현실에 대한 불안과 공포를 드러낸 그의 반리얼리즘 기법은 일반 독자들로서는 도무지 이해 불가능한 세계였다.

문제의 시 「오감도」 제1호에 나오는 '13인의 아해'가 무엇을 의미하는 것인지에 대해서는 지금도 의견이 분분하다. '최후의 만찬'에 동석한 예수의 열세 제자라는 해석이 있는가 하면, 인간의 역사가 지닌 한계성에 대한 상징적인 숫자라는 해석도 있다. 또한, 일제 치하에 놓인 조선의 열세 개 지방 도, 이상 자신만의 독특한 기호, 시인의 공포와 아이의 불안이 투사된 숫자 등등으로 풀이되기도 했다. 그럼에도 불구하고 「오감도」를 비롯한 이상의 문학은 '풀리지 않은 과제'로 21세기 문학에 살아남아 있다.

시에 비해 뚜렷한 서사로써 독자와 만나는 소설에서도 이상의 특징은 조금도 누그러지지 않았다. 어릴 때 백부의 양자가 된 이상이 가족과 합친 것은 1933년이다. 그러나 이상은 곧 백부의 유산을 받아 청진동에 제비다방을 개업하고 술집 여급 금홍을 마담으로 앉힌다. 구인회 회원을 비롯한 당대 문사들이 이 다방의 단골이 되는데, 이태준, 박태원, 김기림, 정인택, 윤태영, 조용만 등이 그 대표적인 인물들이다. 금홍은 다른 남자와 예사롭게 바람을 피우고 이상에게 폭력을 휘두르기까지 한다.

이 시기 금홍과의 동거 체험을 배경으로 탄생한 소설이 "박제가 되어 버린 천재를 아시오? 나는 유쾌하오. 이런 때는 연애까지 유쾌하오."로 시작되는 「날개」다. 「날개」의 '나'는 아내로 상징되는 세상으로부터 철저히 차단된 내면에서 살고 있다. 의욕을 상실한 '나'는 골방에 틀어박혀 있다 가끔씩 외출하는 것으로 일상을 채운다. 이는 세상과 단절된 자아의 모습이자 동시대 식민지 현실을 사는 지식인의 또다른 내면이라 할 수 있다.

이상의 소설은 이처럼 현실의 가치를 무화시키는 비극적 인식을 서사의 해체와 자의식적 글쓰기로 드러내면서 우리 서사가 그 후로도 거의 가닿지 않은 반리얼리즘적 세계를 제대로 구축해 보인다. 인과관계를 기반으로 한 인물관계나 스토리라인은 그의 소설 앞에 무장 해제된다. 「날개」를 비롯한 그의 소설은 식민지 현실을 불우하게 살아가는 지식인의 내적 스토리를 반영하는 것을 넘어 현대사회가 지니는 폭력으로부터 근원적인 소외를 겪고 있는 현대인의 깊은 고뇌를 드러내주고 있다고 할 수 있다.

자전성이 두드러진 「봉별기」나 「김유정」, 역시 자전성을 기반으로 하면서도 자의식과 내면 지향적 특징을 잘 드러내고 있는 「날개」나 「종생기」 등은 이상 소설의 진면목을 보여주는 작품이다. 우리는 이들 작품에서 불균형적인 가정이나 식민지 현실이라는 시대 환경, 또는 그로부터 비롯된 것으로 보이는 무질서한 결혼관계나 치명적 질병 등 개인적 이력이 기존 질서의 거부나 전통의 부정이라는 특유의 가치관과 미의식과 어우러져 누구도 넘볼 수 없는 이상만의 세계를 구축한 예를 볼 수 있다. 이상의 문학은 이 시대에 와서도 여전한 매혹으로 우리 앞에 놓여 있다.

　소설은 우리에게 인간 세계를 보다 깊이 있게 이해하고 삶의 진정한 가치를 인식할 수 있게 한다. 〈한국 문학을 읽는다〉는 그런 수준에 있는 한국 명작을 시리즈로 소개한다. 충실한 원문 게재를 기본으로 작품의 문단별로 소제목을 붙였고, 이해하기 어려운 표현에 세심하게 낱말풀이를 달았다. 각 작품에 들어가기 전에 등장인물을 소개하고, 작품 뒤에 '이야기 따라잡기'를 실어 줄거리를 한눈에 파악할 수 있게 했다. 또한 '쉽게 읽고 이해하기'를 마련해 작품의 세계를 좀 더 깊게 이해할 수 있게 도왔다. 책 끝에 작가의 생애를 정리한 '작가 알아보기'도 마련했다. 소설을 읽으며 명작을 감상하는 기쁨을 누리면서 타인과 깊이 있게 소통하는 방법을 깨우치기를 기대한다.

　　　　　　　　　　　　　　　　　　　　　　책임편집 박덕규

차례

한국 문학을 읽는다 **날개 · 봉별기** 외

지주회시 • 11

날개 • 45

봉별기 • 87

종생기 • 107

실화 • 145

김유정 • 171

■ 작가 알아보기 • 188

현재를 잃어버리는 것은 모든 시간을 잃어버리는 것이다.
― 영국 격언

「지주회시」(『중앙』, 1936. 6)는 카페 여급인 아내와 무능력한 남편을 덫을 놓고 기다리는 거미로, 자신의 욕망을 채우기 위해 무분별하게 살아가는 마유미와 뚱뚱한 신사 등을 돼지로 비유하여 부조리한 현실을 풍자한 단편소설이다.

지주회시

안해야 또 한 번 전무 귀에다 대고 양돼지 그래라.
걷어차거든 두말 말고 층계에서 내려 굴러라.

등장인물

그 나미꼬의 남편이자 게으른 인물. 나미꼬가 벌어오는 돈으로 사는 인물로 경제적 능력이 없다. 나미꼬가 다쳐 돈을 받아오자 그 돈을 훔쳐 방탕하게 쓰려고 한다.

오 A 취인점에서 일하는 그의 친구. 나미꼬와 같은 카페의 여급인 마유미에게 기생하여 사는 인물로 계산적이며 방탕한 생활을 즐긴다.

나미꼬 여급이자 말라깽이인 그의 아내. 그를 위해 돈을 벌어온다. 어느 날 뚱뚱한 신사가 말라깽이라고 놀리자 양돼지라며 받아치다가 다친다.

마유미 나미꼬와 같은 카페에서 일하는 여급. 뚱뚱하고 오의 거짓말을 알면서도 사귄다.

지주회시(䵷䵶會豕)

1
그는 한없이 게으른 사람이다

그날 밤에 그의 안해가 층계에서 굴러 떨어지고—공연히 내일 일을 글탄(속을 태우며 걱정함) 말라고 어느 눈치 빠른 어른이 타일러놓으셨다. 옳고 말고다. 그는 하루치씩만 잔뜩 산(生)다. 이런 복음에 곱신히(굽신거리는) 그는 벙어리(속지 말라)처럼 말(言)이 없다. 잔뜩 산다. 안해에게 무엇을 물어보리오? 그러니까 안해는 대답할 일이 생기지 않고 따라서 부부는 식물처럼 조용하다. 그러나 식물은 아니다. 아닐 뿐 아니라 여간 동물이 아니다. 그래서 그런지 그는 이 귤 궤짝만 한 방 안에 무슨 연줄로 언제부터 이렇게 있게 되었는지 도무지 기억에 없다. 오늘 다음에 오늘이 있는 것. 내일 조금 전에 오늘이 있는 것. 이런 것은 영 따지지 않기로 하고 그저 얼마든지 오늘 오늘 오늘 오늘 하릴없이 눈 가린 마차 말의 동강난 시야다. 눈을 뜬다. 이번에는 생시가 보인다. 꿈에는 생시를 꿈꾸고 생시에는 꿈을 꿈꾸고 어느 것이나 재미있다. 오후 네 시. 옮겨 앉은 아침 — 여기가 아침이냐. 날마다. 그러나 물론 그는 한 번씩 한 번씩이다.(어떤 거대(巨大)한 모(母)체가 나를 여기다 갖다버렸나) — 그저 한없이 게으른 것 — 사람 노릇을 하는 체 대체 어디 얼마나 기껏 게으를 수 있나 좀 해보자 — 게으르자 — 그저 한없이 게으르자 — 시끄러워도 그저 모른 체하고 그저 게으르기만 하면 다 된다. 살고 게으르고 죽고 — 가로되 사는 것이라면 떡 먹기다. 오후 네 시. 다른 시간은 다 어디 갔나. 대수냐. 하루가 한 시간도 없는 것이라기로서니 무슨 성화가 생기나.

그는 안해를 거미와 같다고 생각한다

또 거미. 안해는 꼭 거미. 라고 그는 믿는다. 저것이 어서 도로 환퇴(환생)를 하여서 거미형상을 나타내었으면 — 그러나 거미를 총으로 쏘아 죽였다는 이야기는 들은 일이 없다. 보통 발로 밟아 죽이는데 신발 신기커녕 일어나기도 싫다. 그러니까 마찬가지다. 이 방에 그 외에 또 생각 생각하여 보면 — 맥이 뼈를 디디는 것이 빤히 보이고, 요 밖으로 내어놓는 팔뚝이 밴댕이처럼 꼬스르하다(살결이나 물건의 거죽이 매끄럽지 않고 깔깔하다) — 이 방이 그냥 거민 게다. 그는 거미 속에 가 넓적하게 드러누워 있는 게다. 거미 냄새다. 이 후덥지근한 냄새는 아하 거미 냄새다. 이 방 안이 거미 노릇을 하느라고 풍기는 흉악한 냄새에 틀림없다. 그래도 그는 안해가 거미인 것을 잘 알고 있다. 가만둔다. 그리고 기껏 게을러서 안해 — 인(人)거미 — 로 하여금 육체의 자리 — (혹(或), 틈)를 주지 않게 한다.

방 밖에서 안해는 부스럭거린다. 내일 아침보다는 너무 이르고 그렇다고 오늘 아침보다는 너무 늦은 아침밥을 짓는다. 예이 덧문을 닫는다. (민활하게) 방 안에 색종이로 바른 반닫이(앞의 위쪽 절반이 문짝으로 되어 아래로 잦혀 여닫게 된 궤 모양의 가구)가 없어진다. 반닫이는 참 보기 싫다. 대체 세간이 싫다. 세간은 어떻게 하라는 것인가. 왜 오늘은 있나. 오늘이 있어서 반닫이를 보아야 되느냐. 어두워졌다. 계속하여 게으르다. 오늘과 반닫이가 없어져라고. 그러나 안해는 깜짝 놀란다. 덧문을 닫는—남편—잠이나 자는 남편이 덧문을 닫았더니 생각이 많다. 오줌이 마려운가—가려운가—아니 저 인물이 왜 잠을 깨었나. 참 신통한 일은—어쩌다가 저렇게 사[生]는지—사는 것이 신통한 일이라면 또 생각하여 보면 자는 것은 더 신통한 일이다. 어떻게 저렇게 자나? 저렇게도 많이 자나? 모든 일이 희한한 일이었다. 남편. 어디서부터 어디까지가 부부람—남편—안해가 아니라도 그만 안해이고 마는 거야. 그러나 남편은 안해에게 무엇을 하였느냐—담벼락이라고 외풍이나 가려주었더냐. 안해는 생각하다보니까 참 무섭다는 듯이—또 정말이지 무서웠겠지만—이 닫은 덧문을 얼른 열고 늘 들어도 처음 듣는 것 같은 목소리로 어디 말을 건네본다. 여보—오늘은 크리스마스요—봄날같이 따뜻(이것이 원체 틀린 화근이다)하니 수염 좀 깎소.

도무지 그의 머리에서 그 거미의 어렵디어려운 발들이 사라지지 않는데 들은 크리스마스라는 한마디 말은 참 서늘하다. 그가 어쩌다가 그의 안해와 부부가 되어버렸나. 안해가 그를 따라온 것은 사실이지만 왜 따라왔나? 아니다. 와서 왜 가지 않았나—그것은 분명하다. 왜 가지 않았나, 이것이 분명하였을 때-그들이 부부 노릇을 한지 1년 반쯤 된 때-안해는 갔다. 그는 안해가 왜 갔나를 알 수 없었다. 그 까닭에 도저히 안해를 찾을 길이 없었다. 그런데 안해는 왔다. 그는 왜 왔는지 알았다. 지금 그는 안해가 왜 안 가는지를 알고 있다. 이것은 분명히 왜 갔는지 모르게 안해가 가버릴 징조에 틀림없다. 즉 경험에 의하면 그렇다. 그는 그렇다고 왜 안 가는지를 일부러 몰라버릴 수도 없다. 그냥 안해가 설사 또 간다고 하더라도 왜 안 오는지를 잘 알고 있는 그에게로 불쑥 돌아와주었으면 하고 바라기나 한다.

그는 A 취인점에서 일하는 오를 찾아간다

수염을 깎고 첩첩이 닫아버린 번지에서 나섰다. 딴은 크리스마스가 봄날같이 따뜻하였다. 태양이 그동안에 퍽 자란가도 싶었다. 눈이 부시고-또 몸이 까칫까칫(까칠까칠)도 하고-땅은 힘이 들고 두꺼운 벽이 더덕더덕 붙은 빌딩들을 쳐다보는 것은 보는 것만으로도 넉넉히 숨이 차다. 안해의 흰 양말이 고동색 털양말로 변한 것-기절(기후)은 방 속에서 묵는 그에게 겨우 제목만을 전하였다. 겨울-가을이 가기도 전에 내닥친 겨울에서 처음으로 인사 비슷이 기침을 하였다. 봄날같이 따뜻한 겨울날-필시 이런 날이 세상에 흔히 있는 공일날이나 아닌지-그러나 바람은 뺨에도 콧방울에도 차다. 저렇게 바쁘게 씨근거리는 사람 무거운 통 짐 구두 사냥개 야단치는 소리 안 열린 들창 모든 것이 견딜 수 없이 답답하다. 숨이 막힌다. 어디로 가볼까. (A 취인점(取引店, 거래소)) (생각

나는 명함) (오(吳)군) (자랑 마라) (24일 날 월급이던가) 동행이라도 있는 듯이 그는 팔짱을 내저으며 싹둑싹둑 썰어 붙인 것같이 얄팍한 A 취인점 담벼락을 뼁뼁 싸고 돌다가 이 속에는 무엇이 있나. 공기? 사나운 공기리라. 살을 저미는 – 과연 보통 공기가 아니었다. 눈에 핏줄 – 새빨갛게 달은 전화 – 그의 허섭수룩한(헙수룩한, 허름한) 몸은 금시에 타 죽을 것 같았다. 오(吳)는 어느 회전의자에 병마개 모양으로 명쳐(이름이 새겨져) 있었다. 꿈과 같은 일이다. 오는 장부를 뒤져 주소 씨명을 차국차국 써 내려가면서 미남자인 채로 생동생동 (살고) 있었다. 조사부(調査部)라는 패가 붙은 방 하나를 독차지하고 방 사벽에다가는 빈틈없이 방안지(모눈종이)에 그린 그림 아닌 그림을 발라놓았다.

"저런 걸 많이 연구하면 대강은 짐작이 났으렷다."

"도통하면 돈이 돈 같지 않아지느니."

"돈 같지 않으면 그럼 방안지 같은가."

"방안지?"

"그래 도통은?"

"흐흠– 나는 도로 그림이 그리고 싶어지데."

그러나 오는 야위지 않고는 배기기 어려웠던가 싶다. 술–그림 색? 오는 완전히 오 자신을 활활 열어젖혀 놓은 모양이었다. 흡사 그가 오 앞에서나 세상 앞에서나 그 자신을 첩첩이 닫고 있듯이. 오냐, 왜 그러니 나는 거미다. 연필처럼 야위어가는 것–피가 지나가지 않는 혈관–생각하지 않고도 없어지지 않는 머리–칵 막힌 머리–코 없는 생각–거미거미 속에서 안 나오는 것–내다보지 않는 것–취하는 것–정신없는 것-방(房)-버선처럼 생긴 방이었다. 안해였다. 거미라는 탓이었다.

그는 안해가 다니는 회관 주인에게 인사를 한다

오는 주소 씨명을 멈추고 그에게 담배를 내밀었다. 그러자 연기를 가르면서 문이 열렸다. (퇴사 시간) 뚱뚱한 사람이 말처럼 달려들었다. 뚱뚱한 신사는 오와 깨끗하게 인사를 한다. 가느다란 몸집을 한 오는 굵은 목소리를 굵은 몸집을 한 신사와 가느다란 목소리로 주고받고 하는 신선한 회화다.

"사장께서는 나가셨나요?"
"네- 참 200명이 좀 넘는데요."
"넉넉합니다. 먼저 오시겠지요."
"한 시간쯤 미리 가지요."
"에-또 에-또 에또 에또 그럼 그렇게 알고."
"가시겠습니까?"

툭탁하고 나더니 뚱뚱한 신사는 곁에 앉은 그를 흘깃 보고 고개를 돌리고 그저 나갈 듯하다가 다시 흘깃 본다. 그는-내 인사를 하면 어떻게 되더라? 하고 망싯망싯하다가(자꾸 머뭇거리다가) 그만 얼떨결에 꾸뻑 인사를 하여버렸다. 이 무슨 염치없는 짓인가. 뚱뚱 신사는 인사를 받더니 받아가지고는 그냥 싱긋 웃듯이 나가버렸다. 이 무슨 모욕인가. 그의 귀에는 뚱뚱 신사가 대체 누군가를 생각해보는 동안에도

"어떠십니까?"

하는 그 뚱뚱 신사의 손가락질 같은 말 한마디가 남아서 웽웽한다. 어떠냐니 무엇이 어떠냐누―아니 그게 누군가―옳아 옳아. 뚱뚱 신사는 바로 그의 안해가 다니고 있는 카페 R 회관 주인이었다. 안해가 또 온 것 서너 달 전이다. 와서 그를 먹여 살리겠다는 것이었다. 빚 '백(百) 원(圓)'을 얻어 쓸 때 그는 안해를 앞세우고 이 뚱뚱이 보는데 타원형 도장을 찍었다. 그때 유카다 입고 내려다보던 눈에서 느낀 굴욕을 오늘이라고 잊었을까. 그러나 그는 이게 누군지도 채 생각나기 전에 어언간 이 뚱뚱이에게 고개를 수그리지 않았나. 지금. 지금. 골수에 스미고 말았나 보다. 칙칙한 근성이―모르고 그랬다고 하면 말이 될까? 더럽구나. 무슨 구실로 변명하여야 되나. 에잇! 에잇―아무것도 차라리 억울해하지 말자―이렇게 맹세하자. 그러나 그의 뺨이 화끈화끈 달았다. 눈물이 새금새금 맺혀 들어왔다. 거미―분명히 그 자신이 거미였다. 물부리(담배를 끼워서 빠는 물건)처럼 야위어 들어가는 안해를 빨아먹는 거미가 너 자신인 것을 깨달아라. 내가 거미다. 비린내 나는 입이다. 아니 안해는 그럼 그에게 아무것도 안 빨아먹느냐. 보렴―이 파랗게 질린 수염 자국―퀭한 눈―늘씬하게(축 늘어지게) 만연되나 마나 하는 형용(사물이나 사람의 모양) 없는 영양(營養)을―보아라. 안해가 거미다. 거미 아닐 수 있으랴. 거미와 거미 거미와 거미냐. 서로 빨아먹느냐. 어디로 가나. 마주 야위는 까닭은 무엇인가. 어느 날 아침에나 뼈가 가죽을 찢고 내밀리려는지―그 손바닥만 한 안해의 이마에는 땀이 흐른다. 안해의 이마에 손을 얹고 그래도 여전히 그는 잔인하게 안해를 밟았다. 밟히는 안해는 삼경이면 쥐소리를 지르며 찌그러지곤 한다. 내일 아침에 펴지는 염낭(끈 두 개를 양쪽에 꿰어 여닫는 주머니)처럼. 그러나 아주까리 같은 사치한 꽃이 핀다. 방은 밤마다 홍수가 나고 이튿날이면 쓰레기가 한 삼태기씩이나 났고—안해는 이 묵직한 쓰레기를 담아 가지고 늦은 아침—오후 네 시—뜰로 내려가서 그도 대리(代理)하여 두 사람 치의 해를 보고 들어온다. 금 긋듯이 안해는 작아 들어갔다. 쇠와 같이 독한 꽃—독한 거미—문을 닫자. 생명에 뚜껑을 덮었고 사람과 사람이 사귀는 버릇을 닫았고 그 자신을 닫았다. 온갖 벗에서—온갖 관계에서—온갖 희망에서—온갖 욕(慾)에서—그리고 온갖 욕에서—다만 방 안에서만 그는 활발하게 발광할 수 있다. 미역 핥듯 핥을 수도 있었다. 전등은 그런 숨결 때문에 곧잘 꺼졌다. 밤마다 이 방은 고달팠고 뒤집어 엎었고 방 안은 기어 병들어 가면서도 **빠득빠득** 버티고 있다. 방 안은 쓰러진다. 밖에 와 있는 세상—암만 기다려도 그는 나가지 않는다. 손바닥만 한 유리를 통하여 꿋꿋이 걸어가는 세월을 볼 수 있을 따름이었다. 그러나 밤이 그 유리 조각마저도 얼른얼른 닫아주었다. 안 된다고.

그러자 오는 그의 무색해하는 것을 볼 수 없다는 듯이 들창 셔터를 내렸다. 자 나가세. 그는 여기서 나가지 않고 그냥 그의 방으로 돌아가고 싶었다. (6원짜리 셋방) (방밖에 없는 방) (편한 방) 그럴 수는 없나.

"그 뚱뚱이 어떻게 아나?"

"그저 알지."

"그저라니."

"그저."

"친헌가."

"천만에 - 대체 그게 누군가?"

"그거 - 그건 가부꾼(돈놀이꾼)이지 - 우리 취인점허구는 돈 만 원 거래나 있지."

"흠."

"개천에서 용(龍)이 나려니까."

"흠."

R 카페는 뚱뚱이 부업인 모양이었다. 내일 밤은 A 취인점이 고객을 초대하는 망년회가 R 카페 3층 홀에서 열릴 터이고 오는 그 준비를 맡았단다. 이따가 느지막해서 오는 R 회관에 좀 들른단다. 그들은 찻점에서 우선 홍차를 마셨다. 크리스마스트리 곁에서 축음기가 깨끗이 울렸다. 두루마기처럼 기다란 털외투 - 기름 바른 머리 - 금시계 - 보석 박힌 넥타이핀 - 이런 모든 오의 차림차림이 한없이 그의 눈에 거슬렸다. 어쩌다가 저 지경이 되었을까. 아니. 내야말로 어쩌다가 이 모양이 되었을까. (돈이었다) 사람을 속였단다. 다 털어먹은 후에는 볼품 좋게 여비를 주어서 쫓는 것이었다. 30까지 백만 원. 주체할 수 없이 달라붙는 계집. 자네도 공연히 꾸물꾸물하지 말고 청춘을 이렇게 대우하라는 것이었다. (거침없는 오 이야기) 어쩌다가 아니 - 어쩌다가 나는 이렇게 훨씬 물러앉고 말았나를 알 수가 없었다. 다만 모든 이런 오의 저속한 큰소리가 맹탕 거짓말 같기도 하였으나 또 아니 부러워할래야 아니 부러워할 수 없는 형언 안 되는 것이 확실히 있는 것도 같았다.

오는 아버지가 가산을 날리는 바람에 화필을 던진다

지난 봄에 오는 인천에 있었다. 10년 – 그들의 깨끗한 우정이 꿈과 같은 그들의 소년시대를 그냥 아름다운 것으로 남기게 하였다. 아직 싹트지 않은 이른 봄. 건강이 없는 그는 오와 사직공원 산기슭을 같이 걸으며 오가 긴히 이야기해야겠다는 이야기를 듣고 있었다. 너무나 뜻밖의 일은 – 오의 아버지는 백만의 가산을 날리고 마지막 경매가 완전히 끝난 것이 바로 엊그제라는 – 여러 형제 가운데 이 오에게만 단 한 줄기 촉망을 두는 늙은 기미(期米, 정기미, 양곡거래소에서 거래되는 쌀) 호걸의 애끓는 글을 오는 속주머니에서 꺼내 보이고 – 저버릴 수 없는 마음이 – 오는 운다 – 우리 일생의 일로 정하고 있던 화(畵)필을 요만 일에 버리지 않으면 안 되겠느냐는 – 전에도 후에도 한 번밖에 없는 오의 종종(淙淙)한(흐르는 물소리 같은) 고백이었다. 그때 그는 봄과 함께 건강이 오기만 눈이 빠지게 고대하던 차 – 그도 속으로 화필을 던진 지 오래였고 – 묵묵히 멀지 않아 쪼개질 축축한 지면을 굽어보았을 뿐이었다. 그리고 뒤미처 태풍이 왔다. 오너라 – 와서 내 생활을 좀 보아라 – 이런 오의 부름을 빙그레 웃으며 그는 인천의 오를 들렀다. 사사(四四) – 벅적대는 해안통 – K 취인점 사무실 – 어디로 갔는지 모르는 오의 형영 깎은 듯한 오의 집무 태도를 그는 여전히 건강이 없는 눈으로 어이없이 들여다보고 오는 날을 오는 날을 탄식하였다. 방은 전화자리 하나를 남기고 빽빽이 방안지로 메꿔져 있었다. 낡기도 전에 갈리는 방안지 위에 붉은 선 푸른 선의 높고 낮은 것 – 오의 얼굴은 일시 일각이 한결같지 않았다. 밤이면 오를 따라 양철 조각 같은 '바(Bar)'

로 얼마든지 쏘다닌 다음-(시키시마)-나날이 축이 가는 몸을 다스릴 수 없었건만 이상스럽게 오는 여섯 시면 깨었고 깨어서는 홰등잔 같은 눈알을 이리 굴리고 저리 굴리고 빨간 뺨이 까딱하지 않고 아홉 시까지는 해안통 사무실에 낙자없이(영락없이) 있었다. 피곤하지 않는 오의 몸이 아마 금강력(강대한 힘)과 함께-필연-무슨 도(道)를 통하였나 보다. 낮이면 오의 아버지는 울적한 심사를 하나 남은 가야금에 붙이고 이따금 자그마한 수첩에 믿는 아들에게서 걸리는 전화를 만족한 듯이 적는다. 미닫이를 열면 경인열차가 가끔 보인다. 그는 오의 털외투를 걸치고 월미도 뒤를 돌아 드문드문 아직도 덜 진 꽃나무 사이 잔디 위에 자리를 잡고 반듯이 누워서 봄이 오고 건강이 아니 온 것을 글탄하였다.

안해는 그를 먹여 살리기 위해 카페에 나간다

내다보이는 바다-개흙밭 위로 바다가 한 벌 드나들더니 날이 저물고 하였다. 오후 네 시 오는 휘파람을 불며 이 날마다 같은 잔디로 그를 찾아온다. 천막 친 데서 흔들리는 포터블(portable, 휴대용 라디오)을 들으며 차를 마시고 사슴을 보고 너무 긴 방죽 중간에서 좀 선선한 아이스크림을 사먹고 굴 캐는 것 좀 보고 오 방에서 신문과 저녁이 정답게 끝난다. 이런 한 달-5월-그는 바로 그 잔디 위에서 어느덧 배따라기를 배웠다. 흉중에 획책하던 일이 날마다 한 켜씩 바다로 흩어졌다. 인생에 대한 끝없는 주저를 잔뜩 지니고 인천서 돌아온 그의 방에서는 안해의 자취를 찾을 길이 없었다. 부모를 배역한(은혜를 저버리고 배반한) 이런 아들을 안해는 기어이 이렇게 잘 똥겨주는(모르는 사실을 깨달아 알도록 해주는)구나-(문학) (시) 영구히 인생을 망설거리기 위하여 길 아닌 길을 내디뎠다. 그러나 또 튀려는 마음-삐뚤어진 젊음 (정치) 가끔 그는 투어리스트 뷰로(tourist bureau, 여행사)에 전화를 걸었다. 원양 항해의 배는 늘 방 안에서만 기적도 불고 입항도 하였다. 여름이 그가 땀 흘리는 동안에 가고-그러나 그의 등의 땀이 걷히기 전에 왕복엽서 모양으로 안해가 초조히 돌아왔다. 낡은 잡지 속에 섞여서 배고파하는 그를 먹여 살리겠다는 것이다. 왕복엽서-없어진 반(半)-눈을 감고 안해의 살에서 허다한 지문(指紋) 냄새를 맡았다. 그는 그의 생활의 서술에 귀찮은 공을 쳤다. 끝났다. 먹여라 먹으마-머리도 잘라라-머리 지지는 10전짜리 인두-속옷밖에 필요치 않은 하루-R 카페-뚱뚱한 유카다 앞에서 얻은 100원-그러나 그 100원을 그냥 쥐고 인천 오에게로 달려가는 그의 귀에는 지난 5월 오가-100원을 가져오너라 우선 석 달 만에 100원 내놓고 500원을 주마-는 분간할 수 없지만 너무 든든한 한마디 말이 쟁쟁하였던 까닭이다. 그리고 도전(盜電, 전력을 훔쳐 씀)하는 그에게 안해는 제 발이 저려 그랬겠지만 잠자코 있었다. 당하였다. 신문에서 배 시간표를 더러 보기도 하였다. 오는 두서너 번 편지로 그의 그런 생활태도를 여간 칭찬한 것이 아니다. 오가 경성으로 왔다. 석 달은 한 달 전에 끝이 났는데-오는 인천서 오에게 버는 족족 털어 바치던 안해(라고 오는 결코 부르지 않았지만)를 벗어버리고-그까짓 것은 하여간에 오의 측량할 수 없는 깊은 우정은 그 넉 달 전의 일도 또한 한 달 전에 으레 있었어야 할 일도 광풍제월(비가 갠 뒤의 맑은 바람과 밝은 달이란 뜻으로 아무 거리낌이 없음을 의미)같이 잊어버린—참 반가운 편지가 요 며칠 전에 그의 닫은 생활을 뚫고 들어왔다. 그는 가을과 겨울을 잤다. 계속하여 자는 중이었다. —예이 그래 이 사람아 한 번 파치(파손되어 못 쓰게 된 물건)가 된 계집을 또 데리고 살다니 하는 오의 필시 그럴 공연한 쑤석질(가만히 있는 사람을 충동시키는 일)도 싫었었고—그러나 크리스마스—아니다. 어디 그 꿩 구워 먹은 좋은 얼굴을 좀 보아두자—좋은 얼굴—전날의 오(吳)—그런 것이지—주체할 수 없게 되기 전에 여기다가 동그라미를 하나 쳐두자—물론 안해는 아무것도 모른다.

2
화장 안 한 안해만 야위어 보인다

그날 밤에 안해는 멋없이 이 층계에서 굴러 떨어졌다. 못났다.

도저히 알아볼 수 없는 이 긴가민가한 오와 그는 어디서 술을 먹었다. 분명히 안해가 다니고 있는 R 회관은 아닌 그러나 역시 그는 그의 안해와 조금도 틀린 곳을 찾을 수 없는 너무 많은 그의 안해들을 보고 소름이 끼쳤다. 별의별 세상이다. 저렇게 해놓으면 어떤 것이 어떤 것인지—오—가는 것을 보면 알겠군—두 시에는 남편 노릇하는 사람들이 일일이 영접하러 오는 그들 여급의 신기한 생활을 그는 들어 알고 있다. 안해는 마중 오지 않는 그를 애정을 구실로 몇 번이나 책망하였으나 들키면 어떻게 하려느냐—누구에게—즉—상대는 보기 싫은 넓적하게 생긴 세상이다. 그는 이 왔다 갔다 하는 똑같이 생긴 화장품—사실 화장품의 고

(高)하가 그들을 구별시키는 외에는 표난 데라고는 영 없었다. — 얼숭덜숭한(불규칙하게 무늬를 이룬 모양으로) 안해들을 두리번두리번 돌아보았다. 헤헤 — 모두 그렇겠지 — 가서는 방에서 — (참 당신은 너무 닮았구려) — 그러나 내 안해는 화장품을 잘 사용하지 않으니까 — 안해의 파리한 바탕 주근깨 — 코보다 작은 코 — 입보다 얇은 입 — (화장한 당신이 화장 안 한 안해를 닮았다면?) — '용서하오' — 그러나 내 안해만은 왜 그렇게 야위나. 무엇 때문에 (네 죄) (네가 모르느냐) (알지) 그러나 이 여자를 좀 보아라. 얼마나 이글이글하게 살이 알르냐 잘 쪘다. 곁에 와 앉기만 하는데도 후끈후끈하는구나. 오의 귓속말이다.

오는 마유미를 황금알 낳는 거위로 생각한다

"이게 마유미야 이 뚱뚱보가 — 금알 낳는 게사니 이야기(황금알 낳는 거위 이야기. '게사니'는 '거위'의 사투리) 알지 (알지) 즉 화수분(재물이 자꾸 생겨 아무리 써도 줄지 않음을 뜻함)이야 — 하루 저녁에 3원 4원 5원 — 잡힐 물건이 없는데 돈 주는 전당국이야 (정말?) 아 — 나의 사랑하는 마유미거든."

지금쯤은 안해도 저 짓을 하렷다. 아프다. 그의 찌푸린 얼굴을 얼른 오가 껄껄 웃는다. 흥 — 고약하지 — 하지만 들어보게 — **소오바**(相場, 현물 없이 쌀을 팔고 사는 일)에 계집은 절대 금물이다. 그러나 살을 저며 먹이려고 달려드는 것을 어쩌느냐 (옳다 옳다) 계집이란 무엇이냐 돈 없이 계집은 무의미다 — 아니, 계집 없는 돈이야말로 무의미다 (옳다 옳다) 오야 어서 다음을 계속하여라. 따면 따는 대로 금시계를 산다 몇 개든지, 또 보석,

털외투를 산다, 얼마든지 비싼 것으로. 잃으면 그놈을 끌인다 옳다. (옳다 옳다) 그러나 이 짓은 좀 안타까운걸. 어떻게 하는고 하니 계집을 하나 찰짜(몹시 깐깐한 사람)로 골라가지고 쓱 시계 보석을 사주었다가 도로 빼앗아다가 끌이고 또 사주었다가 또 빼앗아다가 끌이고―그러니까 사주기는 사주었는데 그놈이 평생 가야 제 것이 아니고 내 것이거든―쓱 얼마를 그런 다음에는―그러니까 꼭 여급이라야만 쓰거든―하루저녁에 아따 얼마를 벌든지 버는 대로 털거든―살을 저며 먹이려 드는데 하루에 아 3, 4원 털기쯤―보석은 또 여전히 사주니까 남은 것은 없어도 여러 번 사준 폭 되고 내가 거미지, 거민 줄 알면서도―아니야, 나는 또 제 요구를 안 들어주는 것은 아니니까―그렇지만 셋방 하나 얻어가지고 같이 살자는 데는 학질(말라리아)이야―여보게 거기까지 가면 30까지 백만원 꿈은 세봉(좋지 않은 일, 큰 탈이 날 일)이지. (옳다? 옳다?) 소―바란 놈 이따가 부자 되는 수효보다는 지금 거지 되는 수효가 훨씬 더 많으니까, 다, 저런 것이 하나 있어야 든든하지. 즉 배(背)수진을 쳐놓자는 것이다. 오는 현명하니까 이 금알 낳는 게사니 배를 가를 리는 천만만무다. 저 더덕더덕 붙은 볼따구니 두껍다란 입술이 생각하면 다시없이 귀엽기도 할밖에.

그의 눈은 주기로 하여 차차 몽롱하여 들어왔다. 개개풀린 시선이 그 마유미라는 고깃덩어리를 부러운 듯이 살피고 있었다. 안해―마유미―안해―자꾸 말라 들어가는 안해―꼬챙이 같은 안해―그만 좀 마르지―마유미를 좀 보려무나―넓적한 잔등이 푼더분한(얼굴이 두툼하여 탐스러운) 폭, 폭(幅), 폭을―세상은 고르지도 못하지―하나는 옥수수 과자 모양으로 무럭무럭 부풀어 오르고 하나는 눈에 보이듯이 오그라들고—보자 어디 좀 보자—인절미 굽듯이 부풀어 올라오는 것이 눈으로 보이럇다. 그러나 그의 눈은 어항에 든 금붕어처럼 눈자위 속에서 그저 오르락내리락 꿈틀거릴 뿐이었다. 화려하게 웃는 마유미의 복스러운 얼굴이 해초(海草)처럼 느리게 움직이는 것이 희미하게 보일 뿐이었다. 오는 이런 코를 찌르는 화장품 속에서 웃고 소리 지르고 손뼉을 치고 또 웃었다.

왜 오에게만 저런 강력한 것이 있나. 분명히 오는 마유미에게 야위지 못하도록 금(禁)하여 놓았으리라. 명령하여 놓았나 보다. 장하다. 힘. 의지—? 그런 강력한 것—그런 것은 어디서 나오나. 내—그런 것만 있다면 이 노릇 안 하지—일하지—하여도 잘하지—들창을 열고 뛰어내리고 싶었다. 안해에게서 그 악착한 끄나풀을 끌러 던지고 훨훨 줄달음박질을 쳐서 달아나버리고 싶었다. 내 의지가 작용하지 않는 온갖 것아, 없어져라. 닫자. 첩첩이 닫자. 그러나 이것도 힘이 아니면 무엇이랴—시뻘겋게 상기한 눈이 살기를 띠우고 명멸하는 황홀경 담벼락에 숨 쉬일 구멍을 찾았다. 그냥 벌벌 떨었다. 텅 빈 골속에 회오리바람이 일어난 것 같이 완전히 전후를 가리지 못하는 일개 그는 추잡한 취한으로 화하고 말았다.

마유미는 오 같은 끄나풀이 있어야 산다

그때 마유미는 그의 귀에다 대고 속삭인다. 그는 목을 움칫하면서 혀를 내밀어 널름널름하여 보였다. 그러나 저러나 너무 먹었나 보다—취하기도 취하였거니와 이것은 배가 좀 너무 부르다. 마유미 무슨 이야기요.

"저이가 거짓말쟁인 줄 제가 모르는 줄 아십니까. 알아요. (그래서) 미술가라지요. 생딴청(아주 딴 짓으로 하는 일)을 해놓겠지요. 좀 타일러주세요―어림없이 그러지 말라구요―이 마유미는 속는 게 아니라구요―제가 이러는 게 그야 좀 반하긴 반했지만―선생님은 아시지요 (알고말고) 어쨌든 저따위 끄나풀이 한 마리 있어야 삽니다. (뭐? 뭐?) 생각해보세요―그래 하룻밤에 3, 4원씩 벌어야 뭣에다 쓰느냐 말이에요―화장품을 사나요? 옷감을 끊나요 하긴 한두 번 아니 여남은 번까지는 아주 비싼 놈으로 골라서 그 짓도 하지요―하지만 허구한 날 화장품을 사나요 옷감을 끊나요? 거 다 뭐하나요―얼마 못 가서 싫증이 납니다―그럼 거지를 주나요? 아이구 참―이 세상에서 제일 미운 게 거집니다. 그래도 저런 끄나풀을 한 마리 가지는 게 화장품이나 옷감보다는 훨씬 낫습니다. 좀처럼 싫증나는 법이 없으니까요―즉 남자가 외도하는―아니―좀 다릅니다. 하여간 싸움을 해가면서 벌어다가 그날 저녁으로 저 끄나풀한테 빼앗기고 나면―아니 송두리째 갖다 바치고 나면 속이 시원합니다. 구수합니다. 그러니까 저를 빨아먹는 거미를 제 손으로 기르는 셈이지요. 그렇지만 또 이 허전한 것을 저 끄나풀이 다소곳이 채워주거니 하면 아까운 생각은커녕 저이가 되레 거민가 싶습니다. 돈을 한 푼도 벌지 말면 그만이겠지만 인제 그만해도 이 생활이 살에 척 배어버려서 얼른 그만두기도 어렵고 허자니 그러기는 싫습니다. 이를 북북 갈아 제쳐가면서 기를 쓰고 빼앗습니다."

양말―그는 안해의 양말을 생각하여 보았다. 양말 사이에서는 신기하게도 밤마다 지폐와 은화가 나왔다. 50전짜리가 딸랑 하고 방바닥에 굴러 떨어질 때 듣는 그 음향은 이 세상 아무것에도 비길 수 없는 가장 숭엄한 감각에 틀림없었다. 오늘 밤에는 안해는 또 몇 개의 그런 은화를 정강이에서 배앝아놓으려나 그 북어와 같은 종아리에 난 돈 자국—돈이 살을 파고 들어가서—고놈이 안해의 정기를 속속들이 빨아내이나 보다. 아—거미—잊어버렸던 거미—돈도 거미—그러나 눈앞에 놓여 있는 너무나 튼튼한 쌍거미—너무 튼튼하지 않으냐. 담배를 한 대 피워 물고—참—안해야. 대체 내가 무엇인 줄 알고 죽지 못하게 이렇게 먹여 살리느냐—죽는 것—사는 것—그는 천하다 그의 존재는 너무나 우스꽝스럽다. 스스로 지나치게 비웃는다.

그러나—두 시—그 황홀한 동굴—방(房)—을 향하여 걸음은 빠르다. 여러 골목을 지나—오야 너는 너 갈 데로 가거라—따듯하고 밝은 들창과 들창을 볼 적마다—닭—개—소는 이야기로만—그리고 그림엽서—이런 펄펄 끓는 심지를 부여잡고 그 화끈화끈한 방을 향하여 쏟아지듯이 몰려간다. 전신의 피—무게—와 있겠지—기다리겠지—오래간만에 취한 실없는 사건—허리가 녹아나도록 이 녀석—이 녀석—이 엉뚱한 발음—숨을 힘껏 들이쉬어 두자. 숨을 힘껏 쉬어라. 그리고 참자. 에라. 그만 아주 미쳐버려라.

안해는 망년회 손님의 농담에 말대꾸를 하다 걷어차인다

그러나 웬일일까 안해는 방에서 기다리고 있지 않았다. 아하—그날이 왔구나. 왜 갔는지 모르는데 가버리는 날—하필? 그러나 (왜 왔는지 알기 전에) 왜 갔는지 모르고 지내는 중에 너는 또 오려느냐 – 내친걸음이다. 아니 – 아주 닫아버릴까. 수챗구멍에 빠져서라도 섣불리 세상이 업신여기려도 업신여길 수 없도록 – 트집거리를 주어서는 안 된다. R 카페 – 내일 A 취인점이 고객을 초대하는 망년회를 열 – 안해 – 뚱뚱 주인이 받아가지고 간 내 인사 – 이 저주받아야 할 R 카페의 뒷문으로 하여 주춤주춤 그는 조바(돈을 계산하는 곳)에 그의 헙수룩한 꼴을 나타내었다. 조바 내 다 안다 – 너희들이 얼마에 사다가 얼마에 파나 – 알면 무엇을 하나 – 여보 안경 쓴 부인 말 좀 물읍시다. (어이구 복작거리기도 한다 이 속에서 어떻게들 사누) 부인은 통신부같이 생긴 종잇조각에 차례차례 도장을 하나씩만 찍어준다. 안해는 일상 말하였다. 얼마를 벌든지 1원씩만 갚는 법이라고 – 딴은 무이자다 – 어째서 무이자냐 – (아느냐) – 돈이 – 같지 않더냐 – 그야말로 도통을 하였느냐. 그래

"나미꼬가 어디 있습니까?"

"댁에서 오셨나요. 지금 경찰서에 가 있습니다."

"뭘 잘못했나요?"

"아아니 – 이거 어째 이렇게 칠칠치가 못할까."

는 듯이 칼을 들고 나온 쿡(cook, 요리사)이 똑똑히 좀 들으라는 이야기다. 안해는 층계에서 굴러 떨어졌다. 넌 왜 요렇게 빼빼 말랐니 – 아야 아야 노세요 말 좀 해봐 아야 아야 노세요. (눈물 핑 돌면서) 당신은 왜 그렇게 양돼지 모양으로 살이 쪘소 오 – 뭐이, 양돼지? – 양돼지가 아니고 – 에이 발칙한 것. 그래서 발길로 채였고 채여서는 층계에서 굴러 떨어졌고 굴러 떨어졌으니 분하고 – 모두 분하다.

"과히 다치지는 않았지만 그런 놈은 버릇을 가르쳐주어야 하느니 그래 경관은 내가 불렀소이다."

말라깽이라고 그런 점잖은 손님의 농담에 어찌 외람히 말대꾸를 하였으며 말대꾸도 유분수지 양돼지라니-그래 생각해보아라 네가 말라깽이가 아니고 무엇이냐-암-내라도 양돼지 소리를 듣고는-아니 말라깽이 소리를 듣고는-아니 양돼지 소리를 듣고는-아니다 아니다 말라깽이 소리를 듣고는-나도 사실은 말라깽이지만-그저 있을 수 없다-양돼지라 그래 줄밖에-아니 그래 양돼지라니 그런 괘씸한 소리를 듣고 내가 손님이라면-아니 내가 여급이라면-당치 않은 말-내가 손님이라면 그냥 패주겠다. 그렇지만 안해야 양돼지 소리 한마디만은 잘했다 그러니까 걷어채였지-아니 나는 대체 누구 편이냐 누구 편을 들고 있는 셈이냐. 그 대그락대그락하는 몸이 은근히 다쳤겠지-접시 깨지듯 했겠지-아프다. 아프다. 앞이 다 캄캄하여지기 전에 사부로가 씨근씨근 왔다. 남편 되는 이더러 오란단다. 바로 나요-마침 잘되었습니다. 나쁜 놈입니다. 고소하세요. 여급들과 보이들과 이다바(조리사)들의 동정은 실로 나미꼬 일신 위에 집중되어 형세 자못 온건치 않은 것이었다.

사람들은 그에게 화해하라고 한다

경찰서 숙직실-이상하다-우선 경부보(경찰관의 직급 중 하나)와 순사 그리고 오 R 카페 뚱뚱 주인 그리고 과연 양돼지와 같은 범인 (저건 내라도 양돼지라고 자칫 그러기 쉬울 걸) 그리고 난로 앞에 새파랗게 질린 채 쪼그리고 앉아 있는 생쥐만 한 안해-그는 얼빠진 사람 모양으로 이 진기한-도저히 있을 법하지 않은 콤비네이션(combination, 배합)을 몇 번이고 두루 살펴보았다. 그는 비칠비칠 그 양돼지 앞으로 가서 그 개기름 흐르는 얼굴을 한참이나 들여다보더니 떠억

"당신입디까?"

"당신입디까?"

아마 안면이 무던히 있나 보다 서로 쳐다보며 빙그레 웃는 속이-그러나 안해야 가만있자-제발 울음을 그쳐라 어디 이야기나 좀 해보자꾸나. 후 한-한숨을 내쉬고 났더니 멈췄던 취기가 한꺼번에 치밀어 올라오면서 그는 금시로 그 자리에 쓰러질 것 같았다. 와이셔츠 자락이 바지 밖으로 꾀져 나온 이 양돼지에게 말을 건넨다.

"뵈옵기에 퍽 몸이 약하신데요."

"딴 말씀."

"딴 말씀이라니."

"딴 말씀이지."

"딴 말씀이지라니."

"허 딴 말씀이라니까."

"허 딴 말씀이라니까라니."

그때 참다못하여 경부보가 소리를 질렀다. 그리고 그대가 나미꼬의 정당한 남편인가. 이름은 무엇인가 직업은 무엇인가 하는 질문에는 질문마다 그저 한없이 공손히 고개를 숙여주었을 뿐이었다. 고개만 그렇게 공연히 숙였다 치켰다 할 것이 아니라 그대는 그래 고소할 터인가 즉 말

하자면 이 사람을 어떻게 하였으면 좋겠는가. 그렇습니다. (당신들 눈에 내가 구더기만큼이나 보이겠소? 이 사람을 어떻게 하였으면 좋을까는 내가 모르면 경찰이 알겠거니와 그래 내가 하라는 대로 하겠다는 말이오?) 지금 내가 어떻게 하였으면 좋을까는 누구에게 물어보아야 되나요. 거기 섰는 오 그리고 내 안해의 주인 나를 위하여 가르쳐주소, 어떻게 하였으면 좋으리까 눈물이 어느 사이에 뺨을 흐르고 있었다. 술이 점점 더 취하여 들어온다. 그는 이 자리에서 어떻다고 차마 입을 벌릴 정신도 용기도 없었다. 오와 뚱뚱 주인이 그의 어깨를 건드리며 위로한다.

"다른 사람이 아니라 우리 A 취인점 전무야. 술 취한 개라니 그렇게만 알게나그려. 자네도 알다시피 내일 망년회에 전무가 없으면 사장이 없는 것 이상이야. 잘 화해할 수는 없나."

"화해라니 누구를 위해서."

"친구를 위하여."

"친구라니."

"그럼 우리 점을 위해서."

"자네가 사장인가."

그때 뚱뚱 주인이

"그럼 당신의 안해를 위하여."

100원씩 두 번 얻어 썼다. 남은 것이 150원 – 잘 알아들었다. 나를 위협하는 모양이구나.

"이건 동화지만 세상에는 어쨌든 이런 일도 있소. 즉 100원이 석 달 만에 꼭 500원이 되는 이야긴데 꼭 되었어야 할 500원이 그게 넉 달이었기 때문에 감쪽같이 한 푼도 없어져 버린 신기한 이야기요 (오야 내가 좀 치사스러우냐) 자 이런 일도 있는데 일개 여급 발길로 차는 것쯤이야 팥고물이 아니고 무엇이겠소? (그러나 오야 일없다 일없다) 자 나는 가겠소. 왜들 이렇게 성가시게 구느냐, 나는 아무것에도 참견하기 싫다. 이 술을 곱게 삭이고 싶다. 나를 보내주시오. 안해를 데리고 가겠소. 그리고는 다 마음대로 하시오."

밤—홍수가 고갈한 최초의 밤—신기하게도 건조한 밤이었다. 안해야 너는 이 이상 더 야위어서는 안 된다. 절대로 안 된다. 명령해둔다. 그러나 안해는 참새모양으로 깽깽 신열(병으로 인한 열)까지 내어가면서 날이 새도록 앓았다. 그 곁에서 그는 이것은 너무나 염치없이 씨근씨근 쓰러지자마자 잠이 들어버렸다. 안 골던 코까지 골고—아—정말 양돼지는 누구냐. 너무 피곤하였던 것이다. 그냥 기가 막혀버렸던 것이다.

안해가 받은 위자료 20원을 가지고 마유미를 만나러 간다

그동안—긴 시간.

안해는 아침에 나갔다. 사부로가 부르러 왔기 때문이다. 경찰서로 간단다. 그도 오란다. 모든 것이 귀찮았다. 다리 저는 안해를 억지로 내어 보내 놓고 그는 인간세상의 하품을 한 번 커다랗게 하였다. 한없이 게으른 것이 역시 제일이구나. 첩첩이 덧문을 닫고 앓는 소리 없는 방 안에서 이번에는 정말—제발 될 수 있는 대로 안해는 오래 걸려서 이따가 저녁때가 되거든 돌아왔으면 그러던지—경우에 따라서는 안해가 아주 가버리기를 바라기조차 하였다. 두 다리를 쭉 뻗고 깊이깊이 잠이 좀 들어보고 싶었다.

오후 두 시-10원 지폐가 두 장이었다. 안해는 그 앞에서 연해(계속하여) 해죽거렸다.

"누가 주더냐?"

"당신 친구 오씨가 줍디다."

오 오 역시 오로구나. (그게 네 100원 꿀떡 삼킨 동화의 주인공이다.) 그리운 지난날의 기억들이 변한다. 모든 것이 변한다. 아무리 그가 이 방 덧문을 첩첩 닫고 일 년 열두 달을 수염도 안 깎고 누워 있다 하더라도 세상은 그 잔인한 '관계'를 가지고 담벼락을 뚫고 스며든다. 오래간만에 잠다운 잠을 참 한잠 늘어지게 잤다. 머리가 차츰차츰 맑아 들어온다.

"오가 주더라. 그래 뭐라고 그리면서 주더냐?"

"전무가 줄(술)이 깨서 참 잘못했다고 사과하더라고."

"너 대체 어디까지 갔다 왔느냐?"

"조바까지."

"잘한다. 그래 그걸 넙죽 받았느냐?"

"안 받으려다가 정 잘못했다고 그러더라니까."

그럼 오의 돈은 아니다. 전무? 뚱뚱 주인 둘 다 있을 법한 일이다. 아니, 10원씩 추렴인가, 이런 때에 그의 머리는 맑은가. 그냥 흐려서 아무것도 생각할 수 없이 되어버렸으면 작히 좋겠나. 망년회 오후. 고소. 위자료. 구더기. 구더기만도 못한 인간 안해는. 아프다면서 재재대인다(조금 수다스럽게 자꾸 재잘거린다).

"공돈이 생겼으니 써버립시다. 오늘은 안 나갈 테야. (멍든 데 고약 사 바를 생각은 꿈에도 하지 않고) 내일 낮에 치마가 한 감, 저고리가 한 감 (뭣이 하나 뭣이 하나) (그래서 10원은 까불린 다음) 나머지 10원은 당신 구두 한 켤레 맞춰주기로."

마음대로 하려무나. 나는 졸립다. 졸려 죽겠다. 코를 풀어버리더라도 내게 의논 마라. 지금쯤 R 회관 3층에서 얼마나 장중한 연회가 열렸을 것이며 양돼지 전무는 와이셔츠를 접어넣고 얼마나 점잖을 것인가. 유치장에서 연회로(공장에서 가정으로) 20원짜리−200여 명−칠면조−햄−소시지−비계−양돼지−1년 전 2년 전 10년 전−수염−냉회(불이 꺼져서 차디찬 재)와 같은 것−남은 것−뼈다귀−지저분한 자국−과 무엇이 남았느냐−닫은 1년 동안−산 채 썩어 들어가는 그 앞에 가로놓인 아가리 딱 벌린 1월이었다.

이것이 지금 이 기괴망측한 생리현상이 즉 배가 고프다는 상태렷다. 배가 고프다. 한심한 일이다. 부끄러운 일이었다. 그러나 오 네 생활에 내 생활을 비교하여 아니 내 생활에 네 생활을 비교하여 어떤 것이 진정 우수한 것이냐. 아니 어떤 것이 진정 열등한 것이냐. 외투를 걸치고 모자를 얹고−그리고 잊어버리지 않고 그 20원을 주머니에 넣고 집−방을 나섰다. 밤은 안개로 하여 흐릿하다. 공기는 제대로 썩어 들어가는지 쉬적지근하여(수척지근하여, 몹시 쉰 냄새가 있어). 또−과연 거미다. (환투)−그는 그의 손가락을 코 밑에 가져다가 가만히 맡아보았다. 거미 냄새는−그러나 20원을 요모조모 주무르던 그 새금한 지폐 냄새가 참 그윽할 뿐이었다. 요 새금한(맛깔스럽게 조금 신) 냄새−요것 때문에 세상은 가만있지 못하고 생사람을 더러 잡는다—더러가 뭐냐. 얼마나 많이 축을 내나. 가다듬을 수 없는 어지러운 심정이었다. 거미—그렇지—거미는 나밖에 없다. 보아라. 지금 이 거미의 끈적끈적한 촉수가 어디로 몰려가고 있나—쪽 소름이 끼치고 식은땀이 내솟기 시작이다.

노한 촉수—마유미—오의 자신 있는 계집—끄나풀—허전한 것—수단은 없다. 손에 쥐인 20원—마유미—10원은 술 먹고 10원은 팁으로 주고 그래서 마유미가 응하지 않거든 예이 양돼지라고 그래 버리지. 그래도 그만이라면 20원은 그냥 날아가—헛되다—그러나 어떠냐 공돈이 아니냐. 전무는 한 번 더 안해를 층계에서 굴러 떨어뜨려 주려무나. 또 20원이다. 10원은 술값 10원은 팁. 그래도 마유미가 응하지 않거든 양돼지라 그래 주고. 그래도 그만이면 20원은 그냥 뜨는 것이다 부탁이다. 안해야 또 한 번 전무 귀에다 대고 양돼지 그래라. 걷어차거든 두말 말고 층계에서 내려 굴러라.

이야기 따라잡기

 그는 카페 R 회관의 여급인 아내 나미꼬가 벌어오는 돈으로 먹고 사는 게으른 인간이다. 그리고 아내는 카페에서 손님들의 주머니를 노리며 생활해간다. A 취인점에서 근무하는 그의 친구 오 역시 카페 R 회관의 여급인 마유미가 벌어오는 돈으로 먹고 산다.
 어느 날 오가 일하는 A 취인점에 갔다가 뚱뚱 신사에게 인사를 한다. 뚱뚱 신사는 다름 아닌 자신의 아내가 나가는 카페 R 회관의 주인이다. 그는 인사를 했다는 사실에 기분이 상한다.
 그는 말라깽이인 자신과 아내, 오 등이 살찐 인간들인 마유미, 뚱뚱 주인 등이 걸려들기를 기다렸다가 그들을 밥으로 삼는 거미라고 생각한다.
 고객 초대 망년회 전날 카페에서 그의 아내는 A 취인점 전무인 뚱뚱보 신사가 말라깽이라고 놀리자 화가 나 뚱뚱한 양돼지라고 받아친다. 이에 화가 난 전무가 아내를 층계 위에서 밀치자 마른 아내는 굴러 떨어져 부상을 당한다. 이를 목격한 카페 R 회관의 종업원들이 분개하여 경찰서에 신고한다.

그가 경찰서에 가자 오, 카페 주인 등은 그에게 화해하라고 한다. 빚이 있는 그는 협박이라 생각하다가 모든 것이 귀찮아 아내를 데리고 집으로 온다. 다리를 절룩이며 나간 아내는 오를 통해 받은 위자료 20원을 보여주며 공돈이 생겼다고 좋아한다. 그는 아내가 잠든 사이에 20원을 모두 챙겨 10원은 술값, 10원은 마유미 팁값으로 쓸 생각을 한다. 그러면서 아내가 한 번 더 층계에서 굴러 떨어지기를 바란다.

쉽게 읽고 이해하기

금전과 쾌락에 의한 인간성의 파멸

　나미꼬가 나오기를 기다리던 그는 다른 여급들에 비해 한없이 마른 나미꼬를 본다. 같은 여급인 마유미는 살이 쪘지만 나미꼬는 반대다. 그러나 그는 그런 나미꼬를 보고 안쓰럽게 생각하기보다는 거미를 생각한다. 그에게 나미꼬는 아내이기 이전에 돈을 벌어다주는 돈줄인 것이다.
　그런 나미꼬가 말라깽이라는 말에 발끈하여 뚱뚱보 신사에게 양돼지라고 받아친다. 이 사건을 계기로 나미꼬는 층계에서 굴러 다리를 다친다. 그러나 그는 나미꼬가 다쳤다는 사실보다 오가 친구를 위해 화해하라는 둥, 돈을 빌린 R 카페 주인이 화해하라는 둥 하는 바람에 여러 생각을 하다 다 귀찮아져 집으로 돌아온다. 나미꼬가 다쳤다는 사실은 그에게 그다지 중요하지 않다. 경제적 능력을 상실한 그는 인간성마저도 상실한 상태이다.
　오 역시 마유미에게 기생하여 살아가지만 A 취인점에서 일하고 있다.

즉 오는 스스로 살아갈 경제적 능력을 갖추고 있다. 그러나 오는 오로지 쾌락을 위해 돈을 쓴다. 그러기에 일상의 생활을 위해서는 또 다른 자금을 마련해야 했다. 그래서 오는 마유미를 만난다. 마유미가 벌어오는 돈을 보며, 오는 마유미를 황금알을 낳는 거위라고 생각한다. 오는 계산적인 사람으로 나미꼬가 다쳤을 때 위자료를 받아주기까지 한다. 마유미 역시 스스로 돈을 버는 경제적 능력을 갖춘 사람이지만 방탕하게 써버린다. 그녀는 오가 자신을 이용한다는 사실을 알지만 오를 옆에 둔다. 그녀는 일부러 당하며 살고 있는 것이다.

이들에게 삶의 목적은 쾌락이다. 쾌락을 위해 돈을 벌고 흥청망청 써버린다. 돈을 모은다거나 미래에 대한 희망이나 포부 등은 찾아볼 수 없다.

이러한 인간성의 상실은 금전이 우선시되고, 쾌락만을 추구한 나머지 삶에서 아무런 의미도 찾을 수 없는 회의주의적인 태도에서 비롯된다. 그는 어떠한 것에도 흥미를 느끼지 못하고, 오나 마유미 역시 쾌락 이외에는 어떠한 것에도 삶의 의미를 찾지 못한다. 그들의 쾌락과 금전에 대한 욕망이 인간성을 상실하게 만든 것이다. 그래서 그들은 나미꼬가 다쳤다는 사실이나 도덕성 등은 생각지 않은 채 그저 돈만 다시 얻기를 바란다.

퇴폐적 인간 관계

그는 카페 R 회관에서 여급으로 일하고 있는 나미꼬가 벌어오는 돈으로 먹고 산다. 그는 일상생활에 대해 어떠한 흥미도 가지지 않은 채 게으르게 살아가는 인물이다.

그가 아무런 경제적 능력이 없음에도 불구하고 나미꼬는 그와 함께 산다. 뿐만 아니라 심지어 그를 위해 여급 생활을 하면서 돈을 벌어온다.

자신의 몸을 팔아서 돈을 벌어 살아가는 나미꼬는 다른 여급들보다 더 야위었다. 나미꼬는 번 돈을 자신의 쾌락을 위해 쓰는 것이 아니라 그와 함께 생활하는 것에 쓴다.

그런 나미꼬를 보며 그는 거미를 생각한다. 뚱뚱한 사람들(부유한 사람들)이 다가오기를 기다렸다가 잡히면 먹는 거미, 그리고 나미꼬가 돈을 벌어오기만을 기다리는 자신도 거미라고 생각한다. 오 역시 마유미를 잡아먹고, 마유미는 오가 거미라는 걸 알지만 옆에 두고 기르고 있다.

'지주회시'에서 '지주'는 '거미'를 뜻하고 '시'는 '돼지'를 뜻한다. '거미와 돼지와의 만남'을 뜻하는 이 제목을 통해서 알 수 있듯이 그, 나미꼬, 오는 마른 거미와 같다. 반면 마유미, 뚱뚱보 신사, 뚱뚱 주인 등은 돼지를 뜻한다. 즉 마른 거미들은 뚱뚱한 돼지가 오기만을 기다린다. 말라깽이라고 놀린 뚱뚱보 신사에게 나미꼬는 양돼지라고 말한다. 이로 인해 말라깽이(거미 나미꼬)는 뚱뚱보 신사(양돼지)에게 밀려 층계 아래로 떨어지고(뚱뚱보 신사가 덫에 걸림), 오(거미)에 의해 20원을 받게 된다.

그러나 문제는 거미가 돼지를 기다렸다가 잡는 것에 끝나지 않고 거미가 또 다른 거미를 잡아먹는다는 것이다. 즉 나미꼬(거미)가 잠들기를 기다렸다가(나미꼬가 덫에 걸림) 그(거미)가 나미꼬의 돈을 훔쳐 마유미에게 가는 것이다.

이미 인간성을 상실한 사람들의 관계는 온전할 수 없다. 나미꼬가 그를 먹여 살리기 위해 몸까지 팔고, 심지어 아내인 나미꼬가 다리를 다쳤음에도 불구하고 그는 나미꼬의 돈을 훔쳐 쾌락적 생활을 즐기러 나간다. 오로지 자신을 위해 돈을 쓰는 그와 나미꼬의 관계는 이미 회복될 수 없는 퇴폐적 관계인 것이다. 인간성의 상실은 관계마저도 무너뜨린다.

「날개」(『조광』 1936. 9)는

매춘부인 아내가 벌어오는 돈으로 살아가는,

희망도 비판적 자각도 없는

무기력한 지식인이 자신의 비정상적인 삶으로부터

탈출하고자 하는 욕망을 다룬 단편소설이다.

날개

날자. 날자. 날자. 한 번만 더 날자꾸나.
한 번만 더 날아보자꾸나.

등장인물

나　경제적, 사회적 능력을 상실한 무기력한 지식인. 아내에게 기생하며 권태로운 삶을 살아가다가 우연히 아내가 준 약이 수면제라는 사실을 알게 되면서 비정상적인 삶에서 탈출하고자 한다.

안해(아내)　무기력한 남편 대신 생활을 영위해 나가기 위해 매춘도 마다않는 적극적이며 현실적인 여성. 남편과의 관계를 회복하기보다는 현실의 생활을 더 중시한다.

날개

'박제가 되어버린 천재'를 아시오?

'박제가 되어버린 천재'를 아시오? 나는 유쾌하오. 이런 때 연애까지가 유쾌하오.

육신이 흐느적흐느적하도록 피로했을 때만 정신이 은화처럼 맑소. 니코틴이 내 횟배(회충으로 인한 배앓이) 앓는 뱃속으로 스미면 머릿속에 으레 백지가 준비되는 법이오. 그 위에다 나는 위트와 패러독스를 바둑 포석(바둑에서 중반전의 싸움이나 집 차지에 유리하도록 초반에 돌을 벌여놓는 일)처럼 늘어놓소. 가공할 상식의 병이오.

나는 또 여인과 생활을 설계하오. 연애기법에마저 서먹서먹해진, 지성의 극치를 흘깃 좀 들여다본 일이 있는, 말하자면 일종의 정신분일자(精神奔逸者) 말이오. 이런 여인의 반—그것은 온갖 것의 반이오—만을 영수하는 생활을 설계한다는 말이오. 그런 생활 속에 한 발만 들여놓고 흡사 두 개의 태양처럼 마주 쳐다보면서 낄낄거리는 것이오. 나는 아마 어지간히 인생의 제행이 싱거워서 견딜 수가 없게끔 되고 그만둔 모양이오. 굿바이.

굿바이. 그대는 이따금 그대가 제일 싫어하는 음식을 탐식하는 아이러니를 실천해보는 것도 좋을 것 같소. 위트와 패러독스와…….
 그대 자신을 위조하는 것도 할 만한 일이오. 그대의 작품은 한 번도 본 일이 없는 기성품에 의하여 차라리 경편(輕便, 가볍고 편함)하고 고매(高邁)하리다.

19세기는 될 수 있거든 봉쇄하여 버리오. 도스토옙스키 정신이란 자칫하면 낭비인 것 같소. 위고(Victor-Marie Hugo, 프랑스 소설가)를 불란서의 빵 한 조각이라고는 누가 그랬는지 지언(至言, 지극히 당연한 말)인 듯싶소. 그러나 인생, 혹은 그 모형에 있어서 디테일(detail) 때문에 속는다거나 해서야 되겠소? 화(禍)를 보지 마오. 부디 그대께 고하는 것이니…….
 (테이프가 끊어지면 피가 나오. 생채기도 머지않아 완치될 줄 믿소. 굿바이.)

감정은 어떤 포즈(pose). (그 포즈의 소(素)만을 지적하는 것이 아닌지 나도 모르겠소.) 그 포즈가 부동자세에까지 고도화할 때 감정은 딱 공급을 정지합데다.

나는 내 비범한 발육을 회고하여 세상을 보는 안목을 규정하였소.

여왕봉과 미망인 – 세상의 하고 많은 여인이 본질적으로 이미 미망인이 아닌 이가 있으리까? 아니! 여인의 전부가 그 일상에 있어서 개개 '미망인'이라는 내 논리가 뜻밖에도 여성에 대한 모독이 되오? 굿바이.

33번지 18가구는 밤이 되면 화려해진다

그 33번지라는 것이 구조가 흡사 유곽이라는 느낌이 없지 않다. 한 번지에 18가구가 죽– 어깨를 맞대고 늘어서서 창호가 똑같고 아궁이 모양이 똑같다. 게다가 각 가구에 사는 사람들이 송이송이 꽃과 같이 젊다. 해가 들지 않는다. 해가 드는 것을 그들이 모른 체하는 까닭이다. 턱살 밑에다 철줄을 매고 얼룩진 이부자리를 널어 말린다는 핑계로 미닫이에 해가 드는 것을 막아버린다. 침침한 방 안에서 낮잠들을 잔다. 그들은 밤에는 잠을 자지 않나? 알 수 없다. 나는 밤이나 낮이나 잠만 자느라고 그런 것은 알 길이 없다. 33번지 18가구의 낮은 참 조용하다.

조용한 것은 낮뿐이다. 어둑어둑하면 그들은 이부자리를 걷어 들인다. 전등불이 켜진 뒤의 18가구는 낮보다 훨씬 화려하다. 저물도록 미닫이 여닫는 소리가 잦다, 바빠진다. 여러 가지 내음새가 나기 시작한다. 비웃(생선, 청어) 굽는 내, 탕고도란(일제 강점기 때 쓰던 화장품 이름)내, 뜨물내, 비눗내…….

그러나 이런 것들보다도 그들의 문패가 제일로 고개를 끄덕이게 하는 것이다. 이 18가구를 대표하는 대문이라는 것이 일각이 져서 외따로 떨어지기는 했으나 있다. 그러나 그것은 한 번도 닫힌 일이 없는 한 길이나 마찬가지 대문인 것이다. 온갖 장사치들은 하루 가운데 어느 시간에라도 이 대문을 통하여 드나들 수 있는 것이다. 이네들은 문간에서 두부를 사는 것이 아니라 미닫이만 열고 방에서 두부를 사는 것이다. 이렇게 생긴 33번지 대문에 그들 18가구의 문패를 몰아다 붙이는 것은 의미가 없다. 그들은 어느 사이엔가 각 미닫이 위 백인당이니 길상당이니 써붙인 한 곁에다 문패를 붙이는 풍속을 가져버렸다.

내 방 미닫이 위 한 곁에 칼표딱지(뜯어서 쓰는 딱지)를 넷에다 낸 것 만한 내– 아니! 내 안해의 명함이 붙어 있는 것도 이 풍속을 좇은 것이 아닐 수 없다.

안해는 내가 다른 사람과 안면이 있는 걸 좋아하지 않는다

나는 그러나 그들의 아무와도 놀지 않는다. 놀지 않을 뿐만 아니라 인사도 않는다. 나는 내 안해와 인사하는 외에 누구와도 인사하고 싶지 않았다.

내 안해 외의 다른 사람과 인사를 하거나 놀거나 하는 것은 내 안해 낯을 보아 좋지 않은 일인 것만 같이 생각이 들었기 때문이다. 나는 이만큼까지 내 안해를 소중히 생각한 것이다.

내가 이렇게까지 내 안해를 소중히 생각한 까닭은 이 33번지 18가구 가운데서 내 안해가 내 안해의 명함처럼 제일 작고 제일 아름다운 것을 안 까닭이다. 18가구에 각기 별러 들은(고르게 나뉜) 송이송이 꽃들 가운데서도 내 안해가 특히 아름다운 한 떨기의 꽃으로 이 함석지붕 밑 볕 안 드는 지역에서 어디까지든지 찬란하였다. 따라서 그런 한 떨기 꽃을 지키고—아니 그 꽃에 매어달려 사는 나라는 존재가 도무지 형언할 수 없는 거북살스러운 존재가 아닐 수 없었던 것은 물론이다.

나는 내 방이 마음에 든다

나는 어디까지든지 내 방이—집이 아니다. 집은 없다.—마음에 들었다. 방 안의 기온은 내 체온을 위하여 쾌적하였고, 방 안의 침침한 정도가 또한 내 안력을 위하여 쾌적하였다. 나는 내 방 이상의 서늘한 방도, 또 따뜻한 방도 희망하지는 않았다. 이 이상으로 밝거나 이 이상으로 아늑한 방을 원하지 않았다. 내 방은 나 하나를 위하여 요만한 정도를 꾸준히 지키는 것 같아 늘 내 방에 감사하였고 나는 또 이런 방을 위하여 이 세상에 태어난 것만 같아서 즐거웠다.

그러나 이것은 행복이라든가 불행이라든가 하는 것을 계산하는 것은 아니었다. 말하자면 나는 내가 행복되다고도 생각할 필요가 없었고, 그렇다고 불행하다고도 생각할 필요가 없었다. 그냥 그날그날을 그저 까닭 없이 펀둥펀둥 게으르고만 있으면 만사는 그만이었던 것이다.

내 몸과 마음에 옷처럼 잘 맞는 방 속에서 뒹굴면서, 축 쳐져 있는 것은 행복이니 불행이니 하는 그런 세속적인 계산을 떠난, 가장 편리하고 안일한, 말하자면 절대적인 상태인 것이다. 나는 이런 상태가 좋았다.

이 절대적인 내 방은 대문간에서 세어서 똑—일곱째 칸이다. 럭키 세

븐의 뜻이 없지 않다. 나는 이 일곱이라는 숫자를 훈장처럼 사랑하였다. 이런 이 방이 가운데 장지로 말미암아 두 칸으로 나뉘어 있었다는 그것이 내 운명의 상징이었던 것을 누가 알랴?

볕이 드는 안해의 방에서 나는 돋보기와 거울 장난을 한다

아랫방은 그래도 해가 든다. 아침결에 책보만 한 해가 들었다가 오후에 손수건만 해지면서 나가버린다. 해가 영영 들지 않는 윗방이 즉 내 방인 것은 말할 것도 없다. 이렇게 볕 드는 방이 안해 방이요, 볕 안 드는 방이 내 방이요 하고 안해와 나 둘 중에 누가 정했는지 나는 기억하지 못한다. 그러나 나에게는 불평이 없다.

안해가 외출만 하면 얼른 아랫방으로 와서 그 동쪽으로 난 들창을 열어놓고, 열어놓으면 들이비치는 볕살이 안해의 화장대를 비춰 가지각색 병들이 아롱이지면서 찬란하게 빛나고 이렇게 빛나는 것을 보는 것은 다시없는 내 오락이다. 나는 조꼬만 '돋보기'를 꺼내 가지고 안해만이 사용하는 지리가미(휴지)를 끄실러 가면서 불장난을 하고 논다. 평행광선을 굴절시켜서 한 초점에 모아가지고 그 초점이 따근따근해지다가, 마지막에는 종이를 끄시르기 시작하고 가느다란 연기를 내면서 드디어 구멍을 뚫어놓는 데까지에 이르는 고 얼마 안 되는 동안의 초조한 맛이 죽고 싶을 만치 내게는 재미있었다.

이 장난이 싫증이 나면 나는 또 안해의 손잡이 거울을 가지고 여러 가지로 논다. 거울이란 제 얼굴을 비출 때만 실용품이다. 그 외의 경우에는 도무지 장난감인 것이다.

이 장난도 곧 싫증이 난다. 나의 유희심은 육체적인 데서 정신적인 데로 비약한다. 나는 거울을 내던지고 안해의 화장대 앞으로 가까이 가서 나란히 늘어놓인 고 가지각색의 화장품 병들을 들여다본다. 고것들은 세상의 무엇보다도 매력적이다. 나는 그중의 하나만을 골라서 가만히 마개를 빼고 병 구멍을 내 코에 가져다 대이고 숨죽이듯이 가벼운 호흡을 하여 본다. 이국적인 센슈얼한 향기가 폐로 스며들면 나는 저절로 스르르 감기는 내 눈을 느낀다. 확실히 안해의 체취(臭)의 파편이다. 나는 도로 병마개를 막고 생각해본다. 안해의 어느 부분에서 요 냄새가 났던가를…… 그러나 그것은 분명치 않다. 왜? 안해의 체취는 여기 늘어섰는 가지각색 향기의 합계일 것이니까.

안해는 화려하지만 난 초라하다

안해의 방은 늘 화려하였다. 내 방이 벽에 못 한 개 꽂히지 않은 소박한 것인 반대로 안해 방에는 천장 밑으로 확 돌려 못이 박히고 못마다 화려한 안해의 치마와 저고리가 걸렸다. 여러 가지 무늬가 보기 좋다. 나는 그 여러 조각의 치마에서 늘 안해의 동체(胴體, 몸통)와 그 동체가 될 수 있는 여러 가지 포즈를 연상하고 연상하면서 내 마음은 늘 점잖지 못하다.

그렇건만 나에게는 옷이 없었다. 안해는 내게는 옷을 주지 않았다. 입고 있는 코르덴 양복 한 벌이 내 자리옷이었고 통상복과 나들이옷을 겸

한 것이었다. 그리고 하이넥의 스웨터가 한 조각 사철을 통한 내 내의다. 그것들은 하나같이 다 빛이 검다. 그것은 내 짐작 같아서는 즉 빨래를 될 수 있는 데까지 하지 않아도 보기 싫지 않도록 하기 위한 것이 아닌가 한다. 나는 허리와 두 가랑이 세 군데 다— 고무 밴드가 끼어 있는 부드러운 사루마다(猿股, さるまた ; 속잠방이, 팬티)를 입고 그리고 아무 소리 없이 잘 놀았다.

나는 이불이 깔린 내 방에서 게으르게 생활하는 것이 좋다

어느덧 손수건만 해졌던 볕이 나갔는데 안해는 외출에서 돌아오지 않는다. 나는 요만 일에도 좀 피곤하였고 또 안해가 돌아오기 전에 내 방으로 가 있어야 될 것을 생각하고 그만 내 방으로 건너간다. 내 방은 침침하다. 나는 이불을 뒤집어쓰고 낮잠을 잔다. 한 번도 걷은 일이 없는 내 이부자리는 내 몸뚱이의 일부분처럼 내게는 참 반갑다. 잠은 잘 오는 적도 있다. 그러나 또 전신이 까칫까칫하면서 영 잠이 오지 않는 적도 있다. 그런 때는 아무 제목으로나 제목을 하나 골라서 연구하였다. 나는 내 좀 축축한 이불 속에서 참 여러 가지 발명도 하였고 논문도 많이 썼다. 시도 많이 지었다. 그러나 그것들은 내가 잠이 드는 것과 동시에 내 방에 담겨서 철철 넘치는 그 흐늑흐늑한 공기에 다— 비누처럼 풀어져서 온데간데가 없고 한참 자고 깬 나는 속이 무명헝겊이나 메밀껍질로 띵띵 찬 한 덩어리 베개와도 같은 한 벌 신경이었을 뿐이고 뿐이고 하였다.

그러기에 나는 빈대가 무엇보다도 싫었다. 그러나 내 방에서는 겨울에도 몇 마리씩의 빈대가 끊이지 않고 나왔다. 내게 근심이 있었다면 오직 이 빈대를 미워하는 근심일 것이다. 나는 빈대에게 물려서 가려운 자리를 피가 나도록 긁었다. 쓰라리다. 그것은 그윽한 쾌감에 틀림없었다. 나는 혼곤히(정신이 흐릿하고 고달프게) 잠이 든다.

　나는 그러나 그런 이불 속의 사색 생활에서도 적극적인 것을 궁리하는 법이 없다. 내게는 그럴 필요가 대체 없었다. 만일 내가 그런 좀 적극적인 것을 궁리해내었을 경우에 나는 반드시 내 안해와 의논하여야 할 것이고 그러면 반드시 나는 안해에게 꾸지람을 들을 것이고－나는 꾸지람이 무서웠다느니보다도 성가셨다. 내가 제법 한 사람의 사회인의 자격으로 일을 해보는 것도, 안해에게 사설 듣는 것도.

　나는 가장 게으른 동물처럼 게으른 것이 좋았다. 될 수만 있으면 이 무의미한 인간의 탈을 벗어버리고도 싶었다.

　나에게는 인간 사회가 스스러웠다(사이가 두텁지 않아 조심스럽다). 생활이 스스러웠다. 모두가 서먹서먹할 뿐이었다.

안해는 일을 하지만 난 안해가 무슨 일을 하는지 모른다

　안해는 하루에 두 번 세수를 한다. 나는 하루 한 번도 세수를 하지 않는다. 나는 밤중 세 시나 네 시 해서 변소에 갔다. 달이 밝은 밤에는 한참씩 마당에 우두커니 섰다가 들어오곤 한다. 그러니까 나는 이 18가구의 아무와도 얼굴이 마주치는 일이 거의 없다. 그러면서도 나는 이 18가구의 젊은 여인네 얼굴들을 거반 다 기억하고 있었다. 그들은 하나같이 내 안해만 못하였다.

  열한 시쯤 해서 하는 안해의 첫 번 세수는 좀 간단하다. 그러나 저녁 일곱 시쯤 해서 하는 두 번째 세수는 손이 많이 간다. 안해는 낮에보다도 밤에 더 좋고 깨끗한 옷을 입는다. 그리고 낮에도 외출하고 밤에도 외출하였다.

  안해에게 직업이 있었던가? 나는 안해의 직업이 무엇인지 알 수 없다. 만일 안해에게 직업이 없었다면, 같이 직업이 없는 나처럼 외출할 필요가 생기지 않을 것인데-안해는 외출한다. 외출할 뿐만 아니라 내객이 많다. 안해에게 내객이 많은 날은 나는 온종일 내 방에서 이불을 쓰고 누워 있어야만 된다. 불장난도 못한다. 화장품 내음새도 못 맡는다. 그런 날은 나는 의식적으로 우울해하였다. 그러면 안해는 나에게 돈을 준다. 50전짜리 은화다. 나는 그것이 좋았다. 그러나 그것을 무엇에 써야 옳을지 몰라서 늘 머리맡에 던져 두고 두고 한 것이 어느 결에 모여서 꽤 많아졌다. 어느 날 이것을 본 안해는 금고처럼 생긴 벙어리를 사다준다. 나는 한 푼씩 한 푼씩 고 속에 넣고 열쇠는 안해가 가져갔다. 그 후에도 나는 더러 은화를 그 벙어리에 넣은 것을 기억한다. 그리고 나는 게을렀다. 얼마 후 안해의 머리 쪽에 보지 못하던 누깔잠(비녀의 일종)이 하나 여드름처럼 돋았던 것은 바로 그 금고형 벙어리의 무게가 가벼워졌다는 증거일까. 그러나 나는 드디어 머리맡에 놓았던 그 벙어리에 손을 대지 않고 말았다. 내 게으름은 그런 것에 내 주의를 환기시키기도 싫었다.

안해에게 내객이 있는 날은 이불 속으로 암만 깊이 들어가도 비 오는 날만큼 잠이 잘 오지는 않았다. 나는 그런 때 안해에게는 왜 늘 돈이 있나 왜 돈이 많은가를 연구했다.

내객들은 장지 저쪽에 내가 있는 것을 모르나 보다. 내 안해와 나도 좀 하기 어려운 농을 아주 서슴지 않고 쉽게 해 내던지는 것이다. 그러나 내 안해를 찾는 내객 가운데 서너 사람의 내객들은 늘 비교적 점잖았다고 볼 수 있는 것이 자정이 좀 지나면 으레 돌아들 갔다. 그들 가운데는 퍽 교양이 옅은 자도 있는 듯싶었는데 그런 자는 보통 음식을 사다 먹고 논다. 그래서 보충을 하고 대체로 무사하였다.

나는 우선 내 안해의 직업이 무엇인가를 연구하기에 착수하였으나 좁은 시야와 부족한 지식으로는 이것을 알아내기 힘이 든다. 나는 끝끝내 내 안해의 직업이 무엇인가를 모르고 말려나 보다.

안해는 늘 진솔버선(새 버선)만 신었다. 안해는 밥도 지었다. 안해가 밥 짓는 것을 나는 한 번도 구경한 일은 없으나 언제든지 끼니때면 내 방으로 내 조석밥(아침밥)을 날라다주는 것이다. 우리 집에는 나와 내 안해 외의 다른 사람은 아무도 없다. 이 밥은 분명히 안해가 손수 지었음에 틀림없다.

그러나 안해는 한 번도 나를 자기 방으로 부른 일이 없다. 나는 늘 윗방에서 나 혼자서 밥을 먹고 잠을 잤다. 밥은 너무 맛이 없었다. 반찬이 너무 엉성하였다. 나는 닭이나 강아지처럼 말없이 주는 모이를 넙죽넙죽 받아먹기는 했으나 내심 야속하게 생각한 적도 더러 없지 않다. 나는 안색이 여지없이 창백해가면서 말라 들어갔다. 나날이 눈에 보이듯이 기운이 줄어들었다. 영양 부족으로 하여 몸뚱이 곳곳이 뼈가 불쑥불쑥 내밀었다. 하룻밤 사이에도 수십 차를 돌쳐 눕지 않고는 여기저기가 배겨서 나는 배겨낼 수가 없었다.

그렇기 때문에 나는 내 이불 속에서 안해가 늘 흔히 쓸 수 있는 저 돈의 출처를 탐색해보는 일변 장지 틈으로 새어나오는 아랫방의 음식은 무엇일까를 간단히 연구하였다. 나는 잠이 잘 안 왔다.

내객들은 안해에게 돈을 주고 안해는 나에게 돈을 준다

깨달았다. 안해가 쓰는 돈은 그 내게는 다만 실없는 사람들로밖에 보이지 않는 까닭 모를 내객들이 놓고 가는 것에 틀림없으리라는 것을 나는 깨달았다. 그러나 왜 그들 내객은 돈을 놓고 가나, 왜 내 안해는 그 돈을 받아야 되나 하는 예의 관념이 내게는 도무지 알 수 없는 것이었다.

그것은 그저 예의에 지나지 않는 것일까. 그렇지 않으면 혹 무슨 대가일까 보수일까. 내 안해가 그들의 눈에는 동정을 받아야만 할 가엾은 인물로 보였던가.

이런 것들을 생각하노라면 으레 내 머리는 그냥 혼란하여 버리곤 하였다. 잠들기 전에 획득했다는 결론이 오직 불쾌하다는 것뿐이었으면서도 나는 그런 것을 안해에게 물어보거나 한 일이 참 한 번도 없다. 그것은 대체 귀찮기도 하려니와 한잠 자고 일어나는 나는 사뭇 딴 사람처럼 이것도 저것도 다 깨끗이 잊어버리고 그만두는 까닭이다.

내객들이 돌아가고, 혹 밤 외출에서 돌아오고 하면 안해는 경편(가볍고 편한)한 것으로 옷을 바꾸어 입고 내 방으로 나를 찾아온다. 그리고 이불을 들치고 내 귀에는 영 생동생동한(본디의 기운이 그대로 남아 있어 생생한) 몇 마디 말로 나를 위로하려 든다. 나는 조소(비웃음)도 고소(쓴웃음)도 홍소(떠들썩하게 웃음)도 아닌 웃음을 얼굴에 띠우고 안해의 아름다운 얼굴을 쳐다본다. 안해는 방그레 웃는다. 그러나 그 얼굴에 떠도는 일말의 애수를 나는 놓치지 않는다.

안해는 능히 내가 배고파하는 것을 눈치챌 것이다. 그러나 아랫방에서 먹고 남은 음식을 나에게 주려 들지는 않는다. 그것은 어디까지든지 나를 존경하는 마음일 것임에 틀림없다. 나는 배가 고프면서도 적이 마음이 든든한 것을 좋아했다. 안해가 무엇이라고 지껄이고 갔는지 귀에 남아 있을 리가 없다. 다만 내 머리맡에 안해가 놓고 간 은화가 전등불에 흐릿하게 빛나고 있을 뿐이다.

고 금고형 벙어리 속에 고 은화가 얼마큼이나 모였을까. 나는 그러나 그것을 쳐들어보지 않았다. 그저 아무런 의욕도 기원도 없이 그 단추 구멍처럼 생긴 틈바구니로 은화를 들어트려 둘 뿐이었다.

왜 안해의 내객들이 안해에게 돈을 놓고 가나 하는 것이 풀 수 없는 의문인 것 같이 왜 안해는 나에게 돈을 놓고 가나 하는 것도 역시 나에게는 똑같이 풀 수 없는 의문이었다. 내 비록 안해가 내게 돈을 놓고 가는 것이 싫지 않았다 하더라도 그것은 다만 고것이 내 손가락에 닿는 순간에서부터 고 벙어리 주둥이에서 자취를 감추기까지의 하잘것없는 짧은 촉각이 좋았달 뿐이지 그 이상 아무 기쁨도 없다.

나는 돈이 든 벙어리를 갖다버린다

어느 날 나는 고 벙어리를 변소에 갖다 넣어버렸다. 그때 벙어리 속에는 몇 푼이나 되는지는 모르겠으나 고 은화들이 꽤 들어 있었다.

나는 내가 지구 위에 살며 내가 이렇게 살고 있는 지구가 질풍신뢰(疾風迅雷, 심한 바람과 번개, 빠르고 심하게 변하는 상태를 의미)의 속력으로 광대무변(廣大無邊, 넓고 커 끝이 없음)의 공간을 달리고 있다는 것을 생각했을 때 참 허망하였다. 나는 이렇게 부지런한 지구 위에서는 현기증도 날 것 같고 해서 한시바삐 내려버리고 싶었다.

이불 속에서 이런 생각을 하고 난 뒤에는 나는 고 은화를 고 벙어리에 넣고 넣고 하는 것조차도 귀찮아졌다. 나는 안해가 손수 벙어리를 사용하였으면 하고 희망하였다. 벙어리도 돈도 사실에는 안해에게만 필요한 것이지 내게는 애초부터 의미가 전연 없는 것이었으니까 될 수만 있으면 그 벙어리를 안해는 안해 방으로 가져갔으면 하고 기다렸다. 그러나 안해는 가져가지 않는다. 나는 내가 안해 방으로 가져다 둘까 하고 생각하여 보았으나 그 즈음에는 안해의 내객이 원체 많아서 내가 안해 방에 가볼 기회가 도무지 없었다. 그래서 나는 하는 수 없이 변소에 갖다 집어넣어 버리고 만 것이다.

나는 서글픈 마음으로 안해의 꾸지람을 기다렸다. 그러나 안해는 끝내 아무 말도 나에게 묻지도 하지도 않았다. 않았을 뿐 아니라 여전히 돈은 돈대로 머리맡에 놓고 가지 않나? 내 머리맡에는 어느덧 은화가 꽤 많이 모였다.

내객이 안해에게 돈을 놓고 가는 것이나 안해가 내게 돈을 놓고 가는 것이나 일종의 쾌감—그 외의 다른 아무런 이유도 없는 것이 아닐까 하는 것을 나는 또 이불 속에서 연구하기 시작하였다. 쾌감이라면 어떤 종류의 쾌감일까를 계속하여 연구하였다. 그러나 그것은 이불 속의 연구로는 알 길이 없었다. 쾌감, 쾌감 하고 나는 뜻밖에도 이 문제에 대해서만 흥미를 느꼈다.

안해는 물론 나를 늘 감금하여 두다시피 하여 왔다. 내게 불평이 있을 리 없다. 그런 중에도 나는 그 쾌감이라는 것의 유무를 체험하고 싶었다.

외출하여 돌아온 나는 내객이 있는 안해의 방을 지나간다

나는 안해의 밤 외출 틈을 타서 밖으로 나왔다. 나는 거리에서 잊어버리지 않고 가지고 나온 은화를 지폐로 바꾼다. 5원이나 된다. 그것을 주머니에 넣고 나는 목적을 잃어버리기 위하여 얼마든지 거리를 쏘다녔다. 오래간만에 보는 거리는 거의 경이에 가까울 만치 내 신경을 흥분시키지 않고는 마지않았다. 나는 금시에 피곤하여 버렸다. 그러나 나는 참았다. 그리고 밤이 이슥하도록 까닭을 잃어버린 채 이 거리 저 거리로 지향없이 헤매었다. 돈은 물론 한 푼도 쓰지 않았다. 돈을 쓸 아무 엄두도 나서지 않았다. 나는 벌써 돈을 쓰는 기능을 완전히 상실한 것 같았다.

나는 과연 피로를 이 이상 견디기가 어려웠다. 나는 가까스로 내 집을 찾았다. 나는 내 방으로 가려면 안해 방을 통과하지 아니하면 안 될 것을 알고 안해에게 내객이 있나 없나를 걱정하면서 미닫이 앞에서 좀 거북살스럽게 기침을 한 번 했더니 이것은 참 또 너무 암상스럽게(남을 시기하고 샘을 잘 내는 듯하게) 미닫이가 열리면서 안해의 얼굴과 그 등 뒤에 낯선 남자의 얼굴이 이쪽을 내다보는 것이다. 나는 별안간 내어쏟아지는 불빛에 눈이 부셔서 좀 머뭇머뭇했다.

 나는 안해의 눈초리를 못 본 것은 아니다. 그러나 나는 모른 체하는 수밖에 없었다. 왜? 나는 어쨌든 안해의 방을 통과하지 아니하면 안 되니까……

 나는 이불을 뒤집어썼다. 무엇보다도 다리가 아파서 견딜 수가 없었다. 이불 속에서는 가슴이 울렁거리면서 암만해도 까무러칠 것만 같았다. 걸을 때는 몰랐더니 숨이 차다. 등에 식은땀이 쭉 내배인다. 나는 외출한 것을 후회하였다. 이런 피로를 잊고 어서 잠이 들었으면 좋겠다. 한잠 잘― 자고 싶었다.

 얼마 동안이나 비스듬히 엎드려 있었더니 차츰차츰 뚝딱거리는 가슴 동기(동계(動悸), 심장의 고동이 심하여 가슴이 울렁거림)가 가라앉는다. 그만 해도 우선 살 것 같았다. 나는 몸을 돌쳐 반듯이 천장을 향하여 눕고 쭉― 다리를 뻗었다.

 그러나 나는 또다시 가슴의 동기를 피할 수 없게 되었다. 아랫방에서 안해와 그 남자의 내 귀에도 들리지 않을 만치 옅은 목소리로 소곤거리는 기척이 장지 틈으로 전하여 왔던 것이다. 청각을 더 예민하게 하기 위하여 나는 눈을 떴다. 그리고 숨을 죽였다. 그러나 그때는 벌써 안해와 남자는 앉았던 자리를 툭툭 털고 일어섰고 일어서면서 옷과 모자 쓰는 기척이 나는 듯하더니 이어 미닫이가 열리고 구두 뒤축 소리가 나고 그리고 뜰에 내려서는 소리가 쿵 하고 나면서 뒤를 따르는 안해의 고무신 소리가 두어 발자국 찍찍 나고 사뿐사뿐 나나 하는 사이에 두 사람의 발소리가 대문간 쪽으로 사라졌다.

나는 안해의 이런 태도를 본 일이 없다. 안해는 어떤 사람과도 결코 소곤거리는 법이 없다. 나는 윗방에서 이불을 쓰고 누웠는 동안에도 혹 술에 취해서 혀가 잘 돌아가지 않는 내객들의 담화는 더러 놓치는 수가 있어도 안해의 높지도 얕지도 않은 말소리를 일찍이 한마디도 놓쳐본 일이 없다. 더러 내 귀에 거슬리는 소리가 있어도 나는 그것이 태연한 목소리로 내 귀에 들렸다는 이유로 충분히 안심이 되었다.

그렇던 안해의 이런 태도는 필시 그 속에 여간하지 않은 사정이 있는 듯싶이 생각이 되고 내 마음은 좀 서운했으나 그러나 그보다도 나는 좀 너무 피곤해서 오늘만은 이불 속에서 아무것도 연구치 않기로 굳게 결심하고 잠을 기다렸다. 잠은 좀처럼 오지 않았다. 대문간에 나간 안해도 좀처럼 들어오지 않았다. 그러는 동안에 흐지부지 나는 잠이 들어버렸다. 꿈이 얼쑹덜쑹 종을 잡을 수 없는 거리의 풍경을 여전히 헤맸다.

나는 몹시 흔들렸다. 내객을 보내고 들어온 안해가 잠든 나를 잡아 흔드는 것이다. 나는 눈을 번쩍 뜨고 안해의 얼굴을 쳐다보았다. 안해의 얼굴에는 웃음이 없다. 나는 좀 눈을 비비고 안해의 얼굴을 자세히 보았다. 노기가 눈초리에 떠서 얇은 입술이 바르르 떨린다. 좀처럼 이 노기가 풀리기는 어려울 것 같았다. 나는 그대로 눈을 감아버렸다. 벼락이 내리기를 기다린 것이다. 그러나 쌔근 하는 숨소리가 나면서 푸시시 안해의 치맛자락 소리가 나고 장지가 여닫히며 안해는 안해 방으로 들어갔다. 나는 다시 몸을 돌쳐 이불을 뒤집어쓰고는 개구리처럼 엎드리고, 엎드려서 배가 고픈 가운데도 오늘 밤의 외출을 또 한 번 후회하였다.

나는 안해에게 돈을 주고 안해 방에서 잠을 잔다

나는 이불 속에서 안해에게 사죄하였다. 그것은 네 오해라고······.

나는 사실 밤이 퍽이나 이슥한 줄만 알았던 것이다. 그것이 네 말마따나 자정 전인 줄은 나는 정말이지 꿈에도 몰랐다. 나는 너무 피곤하였었다. 오래간만에 나는 너무 많이 걸은 것이 잘못이다. 내 잘못이라면 잘못은 그것밖에는 없다. 외출은 왜 하였더냐고?

나는 그 머리맡에서 저절로 모인 5원 돈을 아무에게라도 좋으니 주어보고 싶었던 것이다. 그뿐이다. 그러나 그것도 내 잘못이라면 나는 그렇게 알겠다. 나는 후회하고 있지 않나?

내가 그 5원 돈을 써버릴 수가 있었던들 나는 자정 안에 집에 돌아올 수 없었을 것이다. 그러나 거리는 너무 복잡하였고 사람은 너무도 들끓었다. 나는 어느 사람을 붙들고 그 5원 돈을 내주어야 할지 갈피를 잡을 수가 없었다. 그러는 동안에 나는 여지없이 피곤해버리고 말았던 것이다.

나는 무엇보다도 좀 쉬고 싶었다. 눕고 싶었다. 그래서 하는 수 없이 집으로 돌아온 것이다. 내 짐작 같아서는 밤이 어지간히 늦은 줄만 알았는데 그것이 불행히도 자정 전이었다는 것은 참 안된 일이다. 미안한 일이다. 나는 얼마든지 사죄하여도 좋다. 그러나 종시 안해의 오해를 풀지 못하였다 하면 내가 이렇게까지 사죄하는 보람은 그럼 어디 있나? 한심하였다.

　한 시간 동안을 나는 이렇게 초조하게 굴지 않으면 안 되었다. 나는 이불을 홱 젖혀버리고 일어나서 장지를 열고 안해 방으로 비철비철 달려갔던 것이다. 내게는 거의 의식이라는 것이 없었다. 나는 안해 이불 위에 엎드려지면서 바지 포켓 속에서 그 돈 5원을 꺼내 안해 손에 쥐어준 것을 간신히 기억할 뿐이다.

　이튿날 잠이 깨었을 때 나는 내 안해 방 안해 이불 속에 있었다. 이것이 이 33번지에서 살기 시작한 이래 내가 안해 방에서 잔 맨 처음이었다.

　해가 들창에 훨씬 높았는데 안해는 이미 외출하고 벌써 내 곁에 있지 않다. 아니! 안해는 엊저녁 내가 의식을 잃은 동안에 외출한 것인지도 모른다. 그러나 나는 그런 것을 조사하고 싶지 않았다. 다만 전신이 찌뿌두둑한 것이 손가락 하나 꼼짝할 힘조차 없었다. 책보보다 좀 작은 면적의 볕이 눈이 부시다. 그 속에서 수없는 먼지가 흡사 미생물처럼 난무한다. 코가 칵 막히는 것 같다. 나는 다시 눈을 감고 이불을 푹 뒤집어쓰고 낮잠을 자기에 착수하였다. 그러나 코를 스치는 안해의 체취는 꽤 도발적이었다. 나는 몸을 여러 번 비비 꼬면서 안해의 화장대에 늘어선 고가지각색 화장품 병들과 고 병들의 마개를 뽑았을 때 풍기던 내음새를 더듬느라고 좀처럼 잠은 들지 않는 것을 나는 어찌하는 수도 없었다.

　견디다 못하여 나는 그만 이불을 걷어차고 벌떡 일어나서 내 방으로 갔다. 내 방에는 다 식어빠진 내 끼니가 가지런히 놓여 있는 것이다. 안해는 내 모이를 여기다 주고 나간 것이다. 나는 우선 배가 고팠다. 한 술

갈을 입에 떠넣었을 때 그 촉감은 참 너무도 냉회와 같이 써늘하였다. 나는 숟갈을 놓고 내 이불 속으로 들어갔다. 하룻밤을 비었던 내 이부자리는 여전히 반갑게 나를 맞아준다. 나는 내 이불을 뒤집어쓰고 이번에는 참 늘어지게 한잠 잤다. 잘-.

내가 잠을 깬 것은 전등이 켜진 뒤다. 그러나 안해는 아직도 돌아오지 않았나 보다. 아니! 들어왔다 또 나갔는지도 알 수 없다. 그러나 그런 것을 삼고(여러 번 생각함)하여 무엇하나?

정신이 한결 난다. 나는 지난밤 일을 생각해보았다. 그 돈 5원을 안해 손에 쥐어주고 넘어졌을 때에 느낄 수 있었던 쾌감을 나는 무엇이라고 설명할 수가 없었다. 그러나 내객들이 내 안해에게 돈 놓고 가는 심리며 내 안해가 내게 돈 놓고 가는 심리의 비밀을 나는 알아낸 것 같아서 여간 즐거운 것이 아니다. 나는 속으로 빙그레 웃어보았다. 이런 것을 모르고 오늘까지 지내온 나 자신이 어떻게 우스꽝스러워 보이는지 몰랐다. 나는 어깨춤이 났다.

따라서 나는 또 오늘 밤에도 외출하고 싶었다. 그러나 돈이 없다. 나는 엊저녁에 그 돈 5원을 한꺼번에 안해에게 주어버린 것을 후회하였다. 또 고 벙어리를 변소에 갖다 처넣어버린 것도 후회하였다. 나는 실없이 실망하면서 습관처럼 그 돈 5원이 들어 있던 내 바지 포켓에 손을 넣어 한번 휘둘러보았다. 뜻밖에도 내 손에 쥐어지는 것이 있었다. 2원밖에 없다. 그러나 많아야 맛은 아니다. 얼마간이고 있으면 된다. 나는 그만한 것이 여간 고마운 것이 아니었다.

나는 기운을 얻었다. 나는 그 단벌 다 떨어진 코르덴 양복을 걸치고 배고픈 것도 주제 사나운 것도 다 잊어버리고 활갯짓을 하면서 또 거리로 나섰다. 나서면서 나는 제발 시간이 화살 닫듯 해서 자정이 어서 홱 지나버렸으면 하고 조바심을 태웠다. 안해에게 돈을 주고 안해 방에서 자보는 것은 어디까지든지 좋았지만 만일 잘못해서 자정 전에 집에 들어갔다가 안해의 눈총을 맞는 것은 그것은 여간 무서운 일이 아니었다. 나는 저물도록 길가 시계를 들여다보고 하면서 또 지향 없이 거리를 방황하였다. 그러나 이날은 좀처럼 피곤하지는 않았다. 다만 시간이 너무 더디게 가는 것만 같아서 안타까웠다.

경성역 시계가 확실히 자정을 지난 것을 본 뒤에 나는 집을 향하였다. 그날은 그 일각대문에서 안해와 안해의 남자가 이야기하고 섰는 것을 만났다. 나는 모른 체하고 두 사람 곁을 지나서 내 방으로 들어갔다. 뒤이어 안해도 들어왔다. 와서는 이 밤중에 평생 안 하던 쓰게질(비로 쓸어 청소하는 일)을 하는 것이다. 조금 있다가 안해가 눕는 기척을 엿듣자마자 나는 또 장지를 열고 안해 방으로 가서 그 돈 2원을 안해 손에 덥석 쥐어주고 그리고—하여간 그 2원을 오늘 밤에도 쓰지 않고 도로 가져온 것이 참 이상하다는 듯이 안해는 내 얼굴을 몇 번이고 엿보고—안해는 드디어 아무 말도 없이 나를 자기 방에 재워주었다. 나는 이 기쁨을 세상의 무엇과도 바꾸고 싶지는 않았다. 나는 편히 잘 잤다.

이튿날도 내가 잠이 깨었을 때는 안해는 보이지 않았다. 나는 또 내 방으로 가서 피곤한 몸으로 낮잠을 잤다.

내가 안해에게 흔들려 깨었을 때는 역시 불이 들어온 뒤였다. 안해는 자기 방으로 나를 오라는 것이다. 이런 일은 또 처음이다. 안해는 끊임없이 얼굴에 미소를 띠고 내 팔을 이끄는 것이다. 나는 이런 안해의 태도 이면에 엔간치 않은 음모가 숨어 있지나 않은가 하고 적이 불안을 느끼지 않을 수 없었다.

나는 안해의 하자는 대로 안해 방으로 끌려갔다. 안해 방에는 저녁 밥상이 조촐하게 차려져 있는 것이다. 생각하여 보면 나는 이틀을 굶었다. 나는 지금 배고픈 것까지도 긴가민가 잊어버리고 어름어름하던 차다.

나는 생각하였다. 이 최후의 만찬을 먹고 나자마자 벼락이 내려도 나는 차라리 후회하지 않을 것을. 사실 나는 인간 세상이 너무나 심심해서 못 견디겠던 차다. 모든 것이 성가시고 귀찮았으나 그러나 불의의 재난이라는 것은 즐거웁다.

나는 마음을 턱 놓고 조용히 안해와 마주 이 해괴한 저녁밥을 먹었다. 우리 부부는 이야기하는 법이 없었다. 밥을 먹은 뒤에도 나는 말이 없이 그냥 부스스 일어나서 내 방으로 건너가버렸다. 안해는 나를 붙잡지 않았다. 나는 벽에 기대어 앉아서 담배를 한 대 피워 물고 그리고 벼락이 떨어질 테거든 어서 떨어져라 하고 기다렸다.

5분! 10분! ―

그러나 벼락은 내리지 않았다. 긴장이 차츰 늘어지기 시작한다. 나는 어느덧 오늘 밤에도 외출할 것을 생각하고 있었다. 돈이 있었으면 하고 생각하고 있었다.

그러나 돈은 확실히 없다. 오늘은 외출하여도 나중에 올 무슨 기쁨이 있나. 나는 앞이 그냥 아뜩하였다. 나는 화가 나서 이불을 뒤집어쓰고 이리 뒹굴 저리 뒹굴 굴렀다. 금시 먹은 밥이 목으로 자꾸 치밀어 올라온다. 메스꺼웠다.

 하늘에서 얼마라도 좋으니 왜 지폐가 소낙비처럼 퍼붓지 않나, 그것이 그저 한없이 야속하고 슬펐다. 나는 이렇게밖에 돈을 구하는 아무런 방법도 알지는 못했다. 나는 이불 속에서 좀 울었나 보다. 돈이 왜 없냐면서…….

나는 안해가 준 돈으로 외출을 하다 감기에 든다

 그랬더니 안해가 또 내 방에를 왔다. 나는 깜짝 놀라 아마 인제서야 벼락이 내리려나 보다 하고 숨을 죽이고 두꺼비 모양으로 엎디어 있었다. 그러나 떨어진 입을 새어나오는 안해의 말소리는 참 부드러웠다. 정다웠다. 안해는 내가 왜 우는지를 안다는 것이다. 돈이 없어서 그러는 게 아니란다. 나는 실없이 깜짝 놀랐다. 어떻게 저렇게 사람의 속을 환ー하게 들여다보는구 해서 나는 한편으로 슬그머니 겁도 안 나는 것은 아니었으나 저렇게 말하는 것을 보면 아마 내게 돈을 줄 생각이 있나 보다, 만일 그렇다면 오죽이나 좋은 일일까. 나는 이불 속에 풀풀 말린 채 고개도 들지 않고 안해의 다음 거동을 기다리고 있으니까, 옛소ー하고 내 머리맡에 내려뜨리는 것은 그 가뿐한 음향으로 보아 지폐에 틀림없었다. 그리고 내 귀에다 대고, 오늘일랑 어제보다도 좀 더 늦게 들어와도 좋다고 속삭이는 것이다. 그것은 어렵지 않다. 우선 그 돈이 무엇보다도 고맙고 반가웠다.

어쨌든 나섰다. 나는 좀 야맹증이다. 그래서 될 수 있는 대로 밝은 거리를 골라서 돌아다니기로 했다. 그리고는 경성역 1, 2등 대합실 한곁 티룸(차를 마시는 곳. 다방)에를 들렀다. 그것은 내게는 큰 발견이었다. 거기는 우선 아무도 아는 사람이 안 온다. 설사 왔다가도 곧 가니까 좋다. 나는 날마다 여기 와서 시간을 보내리라 속으로 생각하여 두었다.

제일 여기 시계가 어느 시계보다도 정확하리라는 것이 좋았다. 섣불리 서투른 시계를 보고 그것을 믿고 시간 전에 집에 돌아갔다가 큰 코를 다쳐서는 안 된다.

나는 한 박스에 아무것도 없는 것과 마주 앉아서 잘 끓은 커피를 마셨다. 총총한 가운데 여객들은 그래도 한 잔 커피가 즐거운가 보다. 얼른 얼른 마시고 무얼 좀 생각하는 것같이 담벼락도 좀 쳐다보고 하다가 곧 나가버린다. 서글프다. 그러나 내게는 이 서글픈 분위기가 거리의 티룸들의 그 거추장스러운 분위기보다는 절실하고 마음에 들었다. 이따금 들리는 날카로운 혹은 우렁찬 기적 소리가 모차르트보다도 더 가깝다. 나는 메뉴에 적힌 몇 가지 안 되는 음식 이름을 치읽고 내리읽고 여러 번 읽었다. 그것들은 아물아물한 것이 어딘가 내 어렸을 때 동무들 이름과 비슷한 데가 있었다.

거기서 얼마나 내가 오래 앉았는지 정신이 오락가락하는 중에, 객이 슬며시 뜸-해지면서 이 구석 저 구석 걷어치우기 시작하는 것을 보면 아마 닫을 시간이 된 모양이다. 열한 시가 좀 지났구나, 여기도 결코 내 안주의 곳은 아니구나, 어디 가서 자정을 넘길까, 두루 걱정을 하면서 나는 밖으로 나섰다. 비가 온다. 빗발이 제법 굵은 것이 우비도 우산도 없는 나를 고생을 시킬 작정이다. 그렇다고 이런 괴이한 풍모를 차리고 이 홀에서 어물어물하는 수는 없고, 에이 비를 맞으면 맞았지 하고 나는 그냥 나서버렸다.

　대단히 선선해서 견딜 수가 없다. 코르덴 옷이 젖기 시작하더니 나중에는 속속들이 스며들면서 추근거린다. 비를 맞아가면서라도 견딜 수 있는 데까지 거리를 돌아다녀서 시간을 보내려 하였으나 인제는 선선해서 이 이상은 더 견딜 수가 없다. 오한이 자꾸 일어나면서 이가 딱딱 맞부딪는다.

　나는 걸음을 재치면서 생각하였다. 오늘 같은 궂은 날도 안해에게 내객이 있을라구. 없겠지 하는 생각이 드는 것이다. 집으로 가야겠다. 안해에게 불행히 내객이 있거든 내 사정을 하리라. 사정을 하면 이렇게 비가 오는 것을 눈으로 보고 알아주겠지.

　부리나케 와보니까 그러나 안해에게는 내객이 있었다. 나는 그만 너무 춥고 척척해서 얼떨김에 노크하는 것을 잊었다. 그래서 나는 보면 안해가 덜 좋아할 것을 그만 보았다. 나는 감발자국 같은 발자국을 내면서 덤벙덤벙 안해 방을 디디고 내 방으로 가서 쭉 빠진 옷을 활활 벗어버리고 이불을 뒤썼다. 덜덜덜덜 떨린다. 오한이 점점 더 심해 들어온다. 여전 땅이 꺼져 들어가는 것만 같았다. 나는 그만 의식을 잃어버리고 말았다.

　이튿날 내가 눈을 떴을 때 안해는 내 머리맡에 앉아서 제법 근심스러운 얼굴이다. 나는 감기가 들었다. 여전히 으스스 춥고 또 골치가 아프고 입에 군침이 도는 것이 씁쓸하면서 다리 팔이 척 늘어져서 노곤하다.

안해는 내 머리를 쓱 짚어보더니 약을 먹어야지 한다. 안해 손이 이마에 선뜩한 것을 보면 신열이 어지간한 모양인데, 약을 먹는다면 해열제를 먹어야지 하고 속생각을 하자니까 안해는 따뜻한 물에 하얀 정제약 4개를 준다. 이것을 먹고 한잠 푹— 자고 나면 괜찮다는 것이다. 나는 널름 받아먹었다. 쌉싸름한 것이 짐작 같아서는 아마 아스피린인가 싶다. 나는 다시 이불을 쓰고 단번에 그냥 죽은 것처럼 잠이 들어버렸다.

나는 콧물을 훌쩍훌쩍하면서 여러 날을 앓았다. 앓는 동안에 끊이지 않고 그 정제약을 먹었다. 그러는 동안에 감기도 나았다. 그러나 입맛은 여전히 소태(소태나무껍질. 맛이 아주 쓰며, 매우 질김)처럼 썼다.

안해가 주는 약은 아스피린이 아닌 수면제다

나는 차츰 또 외출하고 싶은 생각이 났다. 그러나 안해는 나더러 외출하지 말라고 이르는 것이다. 이 약을 날마다 먹고 그리고 가만히 누워 있으라는 것이다. 공연히 외출을 하다가 이렇게 감기가 들어서 저를 고생을 시키는 게 아니냔다. 그도 그렇다. 그럼 외출을 하지 않겠다고 맹세하고 그 약을 연복하여 몸을 좀 보해(영양분 많은 음식이나 약을 먹어 몸의 건강을 도와) 보리라고 나는 생각하였다.

나는 날마다 이불을 뒤집어쓰고 밤이나 낮이나 잤다. 유난스럽게 밤이나 낮이나 졸려서 견딜 수가 없는 것이다. 나는 이렇게 잠이 자꾸만 오는 것은 내가 몸이 훨씬 튼튼해진 증거라고 굳게 믿었다.

나는 아마 한 달이나 이렇게 지냈나 보다. 내 머리와 수염이 좀 너무

자라서 훗훗해서 견딜 수가 없어서 내 거울을 좀 보리라고 안해가 외출한 틈을 타서 나는 안해 방으로 가서 안해의 화장대 앞에 앉아보았다. 상당하다. 수염과 머리가 참 산란하였다. 오늘은 이발을 좀 하리라고 생각하고 겸사겸사 고 화장품 병들 마개를 뽑고 이것저것 맡아보았다. 한동안 잊어버렸던 향기 가운데서는 몸이 배배 꼬일 것 같은 체취가 전해 나왔다. 나는 안해의 이름을 속으로만 한 번 불러보았다. "연심이!" 하고…….

오래간만에 돋보기 장난도 하였다. 거울 장난도 하였다. 창에 든 볕이 여간 따뜻한 것이 아니었다. 생각하면 5월이 아니냐.

나는 커다랗게 기지개를 한 번 켜보고 안해 베개를 내려 베고 벌떡 자빠져서는 이렇게도 편안하고도 즐거운 세월을 하느님께 흠씬 자랑하여 주고 싶었다. 나는 참 세상의 아무것과도 교섭을 가지지 않는다. 하느님도 아마 나를 칭찬할 수도 처벌할 수도 없는 것 같다.

그러나 다음 순간, 실로 세상에도 이상스러운 것이 눈에 띄었다. 그것은 최면약 아달린 갑이었다. 나는 그것을 안해의 화장대 밑에서 발견하고 그것이 흡사 아스피린처럼 생겼다고 느꼈다. 나는 그것을 열어보았다. 꼭 4개가 비었다.

나는 오늘 아침에 4개의 아스피린을 먹은 것을 기억하고 있었다. 나는 잤다. 어제도 그제도 그끄제도— 나는 졸려서 견딜 수가 없었다. 나는 감기가 다 나았는데도 안해는 내게 아스피린을 주었다. 내가 잠이 든 동안에 이웃에 불이 난 일이 있다. 그때에도 나는 자느라고 몰랐다. 이렇게 나는 잤다. 나는 아스피린으로 알고 그럼 한 달 동안을 두고 아달린을 먹어온 것이다. 이것은 좀 너무 심하다.

별안간 아뜩하더니 하마터면 나는 까무러칠 뻔하였다. 나는 그 아달린을 주머니에 넣고 집을 나섰다. 그리고 산을 찾아 올라갔다. 인간 세상의 아무것도 보기가 싫었던 것이다. 걸으면서 나는 아무쪼록 안해에 관계되는 일은 일체 생각하지 않도록 노력하였다. 길에서 까무러치기 쉬우니까. 나는 어디라도 양지가 바른 자리를 하나 골라서 자리를 잡아가지고 서서히 안해에 관하여서 연구할 작정이었다. 나는 길가의 돌창(온통 돌이 깔린 곳), 핀 구경도 못한 진개나리꽃, 종달새, 돌멩이도 새끼를 까는 이야기, 이런 것만 생각하였다. 다행히 길가에서 나는 졸도하지 않았다.

거기는 벤치가 있었다. 나는 거기 정좌하고 그리고 그 아스피린과 아달린에 관하여 연구하였다. 그러나 머리가 도무지 혼란하여 생각이 체계를 이루지 않는다. 단 5분이 못 가서 나는 그만 귀찮은 생각이 번쩍 들면서 심술이 났다. 나는 주머니에서 가지고 온 아달린을 꺼내 남은 여섯 개를 한꺼번에 질정질정 씹어 먹어버렸다. 맛이 익살맞다. 그러고 나서 나는 그 벤치 위에 가로 기다랗게 누웠다. 무슨 생각으로 내가 그 따위 짓을 했나? 알 수가 없다. 그저 그러고 싶었다. 나는 게서 그냥 깊이 잠이 들었다. 잠결에도 바위틈을 흐르는 물소리가 졸졸 하고 언제까지나 어렴풋이 들려왔다.

내가 잠을 깨었을 때는 날이 환—히 밝은 뒤다. 나는 거기서 일주야(一晝夜, 만 하루)를 잔 것이다. 풍경이 그냥 노—랗게 보인다. 그 속에서도 나는 번개처럼 아스피린과 아달린이 생각났다.

아스피린, 아달린, 아스피린, 아달린, 맑스(Karl H. Marx, 독일의 경제학자·정치학자·철학자), 말사스(Thomas R. Malthus, 영국의 경제학자), 마도로스(matroos, 국제 항로를 다니는 배의 선원), 아스피린, 아달린.

안해는 한 달 동안 아달린을 아스피린이라고 속이고 내게 먹였다. 그것은 안해 방에서 이 아달린 갑이 발견된 것으로 미루어 증거가 너무나 확실하다.

무슨 목적으로 안해는 나를 밤이나 낮이나 재웠어야 됐나?

나를 밤이나 낮이나 재워놓고 그리고 안해는 내가 자는 동안에 무슨 짓을 했나?

나를 조곰씩 조곰씩 죽이려 든 것일까?

나는 안해에게 사과하려다가 보아선 안 될 장면을 보게 된다

그러나 또 생각하여 보면, 내가 한 달을 두고 먹어온 것은 아스피린이었는지도 모른다. 안해는 무슨 근심되는 일이 있어서 밤이면 잠이 잘 오지 않아서 정작 안해가 아달린을 사용한 것이나 아닌지, 그렇다면 나는 참 미안하다. 나는 안해에게 이렇게 큰 의혹을 가졌다는 것이 참 안됐다.

나는 그래서 부리나케 거기서 내려왔다. 아랫도리가 홰홰 내어저이면서 어찔어찔한 것을 나는 겨우 집을 향하여 걸었다. 8시 가까이였다.

나는 내 잘못된 생각을 죄다 일러바치고 안해에게 사죄하려는 것이다. 나는 너무 급해서 그만 또 말을 잊어버렸다.

그랬더니 이건 참 큰일났다. 나는 내 눈으로는 절대로 보아서 안 될 것을 그만 딱 보아버리고 만 것이다. 나는 얼떨결에 그만 냉큼 미닫이를 닫고 그리고 현기증이 나는 것을 진정시키느라고 잠깐 고개를 숙이고 눈을 감고 기둥을 짚고 섰자니까 1초 여유도 없이 홱 미닫이가 다시 열리더니 매무새를 풀어헤친 안해가 불쑥 내밀면서 내 멱살을 잡는 것이다. 나는 그만 어지러워서 게서 그냥 나동그라졌다. 그랬더니 안해는 넘어진 내 위에 덮치면서 내 살을 함부로 물어뜯는 것이다. 아파 죽겠다. 나는 사실 반항할 의사도 힘도 없어서 그냥 넙적 엎디어 있으면서 어떻게 되나 보고 있자니까 뒤이어 남자가 나오는 것 같더니 안해를 한아름에 덥석 안아가지고 방으로 들어가는 것이다. 안해는 아무 말 없이 다소곳이 그렇게 안겨 들어가는 것이 내 눈에 여간 미운 것이 아니다. 밉다.

안해는 너 밤새워 가면서 도둑질하러 다니느냐, 계집질하러 다니느냐고 발악이다. 이것은 참 너무 억울하다. 나는 어안이 벙벙하여 도무지 입이 떨어지지를 않았다.

너는 그야말로 나를 살해하려던 것이 아니냐고 소리를 한번 꽥 질러보고도 싶었으나 그런 긴가민가한 소리를 섣불리 입 밖에 내었다가는 무슨 화를 볼는지 알 수 있나. 차라리 억울하지만 잠자코 있는 것이 우선 상책인 듯싶이 생각이 들길래 나는 이것은 또 무슨 생각으로 그랬는지 모르지만 툭툭 털고 일어나서 내 바지 포켓 속에 남은 돈 몇 원 몇 십 전을 가만히 꺼내서는 몰래 미닫이를 열고 살며시 문지방 밑에다 놓고 나서는 그냥 줄달음박질을 쳐서 나와버렸다.

나는 집을 나와 거리를 방황한다

여러 번 자동차에 치일 뻔하면서 나는 그대로 경성역을 찾아갔다. 빈자리와 마주 앉아서 이 쓰디쓴 입맛을 거두기 위하여 무엇으로나 입가심을 하고 싶었다.

커피-. 좋다. 그러나 경성역 홀에 한 걸음을 들여놓았을 때 나는 내 주머니에는 돈이 한 푼도 없는 것을, 그것을 깜박 잊었던 것을 깨달았다. 또 아뜩하였다. 나는 어디선가 그저 맥없이 머뭇머뭇하면서 어쩔 줄을 모를 뿐이었다. 얼빠진 사람처럼 그저 이리 갔다 저리 갔다 하면서…….

나는 어디로 어디로 들입다 쏘다녔는지 하나도 모른다. 다만 몇 시간 후에 내가 미쓰꼬시 옥상에 있는 것을 깨달았을 때는 거의 대낮이었다.

나는 거기 아무 데나 주저앉아서 내 자라온 스물여섯 해를 회고하여 보았다. 몽롱한 기억 속에서는 이렇다는 아무 제목도 불그러져 나오지 않았다.

나는 또 내 자신에게 물어보았다. 너는 인생에 무슨 욕심이 있느냐고, 그러나 있다고도 없다고도, 그런 대답은 하기가 싫었다. 나는 거의 나 자신의 존재를 인식하기조차도 어려웠다.

허리를 굽혀서 나는 그저 금붕어를 들여다보고 있었다. 금붕어는 참 잘들 키웠다. 작은 놈은 작은 놈대로 큰 놈은 큰 놈대로 다- 싱싱하니 보기 좋았다. 내리비치는 오월 햇살에 금붕어들은 그릇 바탕에 그림자를 내려뜨렸다. 지느러미는 하늘하늘 손수건을 흔드는 흉내를 낸다. 나는 이 지느러미 수효를 헤어보기도 하면서 굽힌 허리를 좀처럼 펴지 않았다. 등이 따뜻하다.

나는 또 회탁의 거리를 내려다보았다. 거기서는 피곤한 생활이 똑 금붕어 지느러미처럼 흐늑흐늑 허비적거렸다. 눈에 보이지 않는 끈적끈적한 줄에 엉켜서 헤어나지들을 못한다. 나는 피로와 공복 때문에 무너져 들어가는 몸뚱이를 끌고 그 회탁의 거리 속으로 섞여 들어가지 않는 수도 없다 생각하였다.

나서서 나는 또 문득 생각하여 보았다. 이 발길이 지금 어디로 향하여 가는 것인가를…….

그때 내 눈앞에는 안해의 모가지가 벼락처럼 내려 떨어졌다. 아스피린과 아달린.

우리들은 서로 오해하고 있느니라. 설마 안해가 아스피린 대신에 아달린 정량을 나에게 먹여왔을까? 나는 그것을 믿을 수는 없다. 안해가 그럴 대체 까닭이 없을 것이니.

그러면 나는 날밤을 새면서 도둑질을, 계집질을 하였나? 정말이지 아니다.

우리 부부는 숙명적으로 발이 맞지 않는 절름발이인 것이다. 내나 안해나 제 거동에 로직(logic)을 붙일 필요는 없다. 변해할(말로 풀어 자세히 밝힐) 필요도 없다. 사실은 사실대로 오해는 오해대로 그저 끝없이 발을 절뚝거리면서 세상을 걸어가면 되는 것이다. 그렇지 않을까?

그러나 나는 이 발길이 안해에게로 돌아가야 옳은가 이것만은 분간하기가 좀 어려웠다. 가야 하나? 그럼 어디로 가나?

이때 뚜— 하고 정오 사이렌이 울었다. 사람들은 모두 네 활개를 펴고 닭처럼 푸드덕거리는 것 같고 온갖 유리와 강철과 대리석과 지폐와 잉크가 부글부글 끓고 수선을 떨고 하는 것 같은 찰나, 그야말로 현란을 극한 정오다.

나는 불현듯이 겨드랑이가 가렵다. 아하, 그것은 내 인공의 날개가 돋았던 자족이다. 오늘은 없는 이 날개, 머릿속에서는 희망과 야심이 말소된 페이지가 딕셔너리(dictionary, 사전) 넘어가듯 번뜩였다.

나는 걷던 걸음을 멈추고 그리고 어디 한번 이렇게 외쳐보고 싶었다.

날개야 다시 돋아라.

날자. 날자. 날자. 한 번만 더 날자꾸나.

한 번만 더 날아보자꾸나.

이야기 따라잡기

　33번지는 18가구가 똑같은 모양으로 늘어서 있는 곳으로 낮에는 조용하고 밤에는 화려한 곳이다. 나는 이곳에서 아내와 단둘이 산다. 나는 그곳에서 아내와만 이야기할 뿐 다른 사람들과는 인사도 하지 않으며 지낸다.
　나는 햇빛이 잘 들지 않는 어두운 방에서 게으르게 뒹굴면서 편리하고 안일하게 살고 있다. 반면 아랫방인 아내의 방은 볕이 들고 화려하다. 나는 아내가 외출을 하면 아랫방으로 와 돋보기와 거울을 가지고 장난을 한다. 그리고 싫증이 나면 아내의 화장대에 놓인 가지각색의 화장품 병들을 들여다보며 아내의 체취를 맡으며 논다.
　아내는 화려한 옷을 입고 외출을 하지만 나는 한 벌뿐인 코르덴 양복으로 사철을 나며, 이불이 깔린 내 방에서만 생활한다. 아내가 외출을 하는 것으로 보아 직업이 있음이 분명하지만 나는 아내가 무슨 일을 하는지 모른다. 그리고 아내의 내객들이 아내에게 돈을 주듯, 아내도 나에게 돈을 준다. 아내에게 왜 돈이 있고 내객들은 왜 아내에게 돈을 주는지 생각해보지만 알 수 없다.

어느 날 아내가 사다준 벙어리에 은화를 넣는 것이 귀찮아져 변소에 갖다버렸다. 아내의 꾸지람을 기다렸지만 아내는 아무 말 없이 또 돈을 준다. 나는 아내가 외출한 틈을 타 밖으로 나와 은화를 지폐로 바꾸어 돈을 써보려고 했으나 실패하고 피곤해져 집으로 돌아온다. 내 방에 가기 위해 아내의 방을 지나쳐 가는 데 내객이 있다. 나는 모른 척 방으로 들어와 눕고 내객이 간 뒤 아내가 내 방으로 들어왔다가 다시 자기 방으로 돌아간다.

나는 아내의 방으로 가 돈 5원을 아내 손에 쥐어주고 아내의 방에서 잠이 든다. 나는 아내가 주는 돈으로 외출을 하고 들어와 아내에게 그 돈을 주고 아내 방에서 잔다. 어느 날 돈을 다 쓴 후 속상해하는 나에게 아내가 돈을 주며 어제보다 늦게 들어와도 좋다고 한다. 밖에 나와 돌아다니다가 비를 맞은 나는 오한이 일어 도저히 참을 수 없어 집에 들어간다. 내객과 함께 있던 아내가 기분이 상한 것을 보며 나는 의식을 잃고 만다. 아내는 나에게 약을 주었고 나는 약을 먹고 잠이 든다. 그 이후 외출을 하지 않고 계속 아내가 주는 약을 먹고 깊은 잠을 잔다.

하루는 아내 방에서 놀다가 아달린 갑을 발견하게 된다. 집을 나와 산에 올라가 그동안 내가 먹었던 것이 아스피린이 아닌 아달린이라고 생각하니 아내가 자신을 죽이려고 했던 건 아닌지 화가 난다. 그러나 한편으로는 아내를 오해한 것일지도 모른다는 생각을 하며 집으로 돌아왔는데 보아서는 안 될 것을 보게 된다. 놀란 나를 보고 아내는 멱살을 잡으며 도둑질하러 다니냐, 계집질을 하러 다니냐며 소리를 지르다가 내객이 덥석 안아가지고 방으로 들어가자 다소곳이 안겨 들어간다. 나는 그런 아내가 밉다.

나는 집에서 뛰쳐나와 경성역 홀에 갔다가 돈이 없다는 것을 깨닫고 미쓰꼬시 옥상에 올라간다. 그리고 회탁의 거리를 바라보며 그 속에 섞여 들어가지 않을 수 없다고 생각한다. 갈 곳을 잃어버린 나는 겨드랑이가 가려움을 느낀다. 나는 "날개야 다시 돋아라, 날자. 날자. 날자. 한 번만 더 날아보자꾸나"라고 외쳐보고 싶다.

쉽게 읽고 이해하기

희망도 절망도 없는 무기력한 지식인

 '나'는 아내가 벌어오는 돈으로 살아가고 있지만 아내가 무슨 일을 하는지, 그리고 내객들이 왜 아내에게 돈을 주는지 알지 못한다. 또 아내가 자신에게 무슨 의미로 돈을 주는지도 알지 못하며, 돈을 주어도 어떻게 써야 할지 모른다. 하루하루 아내가 주는 돈을 벙어리 저금통에 넣지만 돈을 모은다는 의지도 없고, 돈이 모인다는 재미도 없다. 아내가 돈을 꺼내가는 것 같지만 그런 것을 생각하고 싶지 않고, 또 돈을 넣어야 한다는 사실이 귀찮아 화장실에 버린다.

 '나'가 하는 일이라고는 어둡고 햇빛이 비치지 않는 방, 빈대 가득한 이불 속에서 하루 종일 뒹구는 것이다. 가끔 아내가 외출하면 아내 방에 가 아내의 화장품 냄새를 맡으며 아내를 생각하고, 아내 방에 들어오는 햇빛을 이용해 돋보기나 거울 놀이를 하는 것이 다이다.

 그렇다고 '나'가 육체적으로 문제가 있어 경제적 활동을 하지 않는 것은 아니다. 심지어 마르크스, 맬서스를 알 정도로 경제에 대해 유식하며, 아달린 갑을 보고 아달린이 어떤 약인지 알 정도의 지식인이다. 그럼에도 불구하고 '나'는 어떠한 희망도 느끼지 못하고, 절망도 느끼지 못한다. 모든 것이 무기력하고 관심이 없다.

이러한 무기력증은 아내와의 비교에 의해 더욱 극대화된다. 나는 어두운 색 옷을 입고, 빛이 들지 않는 어두운 방 안에서, 아무와도 이야기를 나누지 않고 혼자 생활한다. 반면 아내는 화려한 옷을 입고, 하루에 세수를 두 번 하고, 가지각색의 화장품을 바른다. 또한 빛이 드는 환하고 화려한 방 안에서, 내객들과 이야기를 하며, 외출을 자주 한다. 이러한 아내의 모습은 나의 모습과 대조를 이루며 '나'의 모습이 얼마나 어둡고 침울한지 보여준다.

그러나 나는 그것에 대해 어떠한 감정도 느끼지 못한다. 방에 빛이 들었으면 좋겠다든지, 옷을 사고 싶다든지 하는 것을 느끼지 못한다. 단지 빈대가 없었으면 좋겠다는 생각을 하지만, 그것마저도 어떻게 해보려고 하지 않는다. 빈대가 있다는 사실을 알면서도 이불을 개거나 햇빛에 말린다거나 약을 친다거나 하지 않는다.

일제강점기에 지식인은 아무것도 할 수 없었다. 무기력한 '나'의 모습은 당시 지식인의 암울하고 어두운 현실 속에서 아무것도 할 수 없이 살아가야만 했던 나약하고 무기력한 지식인의 모습을 드러낸 것이라 할 수 있다. 마르크스와 맬서스 등 경제학자들에 대해 알고 경제학을 공부한 지식인이라고 해도 채만식의 작품 「치숙」의 아저씨처럼 아무것도 하지 못하고 아내가 벌어다주는 돈으로 먹고 사는 것밖에 할 수 없는 것이다.

외출을 통한 자의식 찾기

　무기력하게 방 안에서만 살던, 마치 은둔형 외톨이처럼 생활하던 '나'는 어느 날 아내에게 받은 돈을 쓸 작정으로 외출을 감행한다. 외출을 하긴 했지만 갈 데가 없던 나는 여기저기 돌아다닌다. 아무리 돌아다녀도 자정을 넘기지 못한 나는 결국 내객이 있는 아내의 방에 들어가게 된다. 다음 외출은 그보다 나아 자정을 넘긴다. 그리고 그 다음 외출에서는 경성역 티룸을 간다.

　처음에는 갈 곳이 없어 방황을 하던 '나'는 외출을 계속 감행함으로써 자정을 넘기는 시간적 확장, 있을 곳을 발견하게 되는 공간적 확장을 하게 된다. 뿐만 아니라 의식의 확장도 경험하게 된다. 처음 외출에서는 아내에게 돈을 주고 의식을 잃는다. 그러나 두 번째 외출에서는 아내에게 돈을 주고 아내의 방에서 잤다는 사실까지 기억하게 된다. 자신의 방에서만 살던 '나'는 외출을 통해 자신의 영역을 확장시켜 나가고 있는 것이다.

　아내가 아스피린 대신 아달린은 주었다는 사실을 알게 되었을 때도 '나'는 외출을 감행한다. 내 방이라는 공간에 있을 때에는 아내에 대한 생각, 돈에 대한 생각을 하다 금세 피곤해져 중단해버린다. 그러나 내 방을 나오는 순간 나는 더 많은 생각을 하게 되고 좀 더 자신을 찾게 된다. 결국 '나'는 완전히 집을 나와 자아를 찾게 되고, 좀 더 확장되기 위해 '날개'를 달기 원한다. 겨드랑이가 가려운 것은 인공의 날개가 돋았던 흔적으로 그것을 통해 자신의 머릿속에서 사라진 '희망'과 '야망'을 찾게 된다. 그리고 외친다. 한 번만 더 날아보자고.

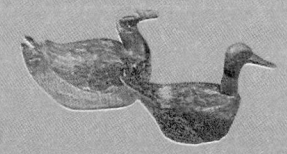

희망은 두려움을 이길 유일한 해독제이다.
— 랜스 암스트롱(미국의 사이클 선수, 1971~)

「봉별기」(『여성』, 1936. 12)는

이상의 자전적 소설로,

폐병으로 인해 요양을 간 온천지에서 만난

첫 아내 기생 금홍이와의

이별과 만남에 대한 에피소드를 그리고 있다.

봉별기

못난 소린 듯하나 사랑의 힘으로 각혈이 다 멈췄으니까

등장인물

나 각혈을 하는 무기력한 인물. 사랑하는 사람을 다른 사람에게 권하는 비도덕적 행위를 일삼고, 결혼한 아내의 부적절한 행동을 눈감아준다.

금홍 '나'와 결혼한 기생이자 첫 아내. 심심하고 어려운 형편을 견디지 못하고 정조를 팔기도 하고, 집을 나가기도 한다.

봉별기(逢別記)

1
요양하러 간 한적한 온천에서 금홍이를 만나다

　스물세 살이오―삼월이요―각혈(咯血, 결핵, 폐암 따위로 인해 피를 토함)이다. 여섯 달 잘 기른 수염을 하루 면도칼로 다듬어 코밑에다만 나비만큼 남겨 가지고 약 한 제 지어 들고 B라는 신개지(新開地, 개간지) 한적한 온천으로 갔다. 게서 나는 죽어도 좋았다.
　그러나 이내 아직 기를 펴지 못한 청춘이 약(藥)탕관을 붙들고 늘어져서는 날 살리라고 보채는 것은 어찌하는 수가 없다. 여관 한등(寒燈, 쓸쓸한 등불) 아래 밤이면 나는 늘 억울해했다.
　사흘을 못 참고 기어이 나는 여관 주인영감을 앞장세워 밤에 장고(長鼓)소리 나는 집으로 찾아갔다. 게서 만난 것이 금홍(錦紅)이다.
　"몇 살인구?"
　체대(體大, 몸의 크기)가 비록 풋고추만 하나 깡그라진 계집이 제법 맞이

맵다. 열여섯 살? 많아야 열아홉 살이지 하고 있자니까,

"스물한 살이에요."

"그럼 내 나인 몇 살이나 돼 뵈지?"

"글쎄 마흔? 서른아홉?"

나는 그저 흥! 그래 버렸다. 그리고 팔짱을 떡 끼고 앉아서는 더욱더욱 점잖은 체했다. 그냥 그날은 무사히 헤어졌건만―.

이튿날 화우(畵友) K군이 왔다. 이 사람인즉 나와 농하는 친구다. 나는 어쩌는 수 없이 그 나비 같다면서 달고 다니던 코밑수염을 아주 밀어버렸다. 그리고 날이 저물기가 급하게 또 금홍이를 만나러 갔다.

"어디서 뵌 어른 겉은데."

"엊저녁에 왔던 수염 난 양반, 내가 바루 아들이지. 목소리꺼지 닮었지?" 하고 익살을 부렸다. 주석(酒席, 술자리)이 어느덧 파하고 마당에 내려서다가 K군의 귀에 대고 나는 이렇게 속삭였다.

"어때? 괜찮지? 자네 한번 얼러보게."

"관두게, 자네나 얼러보게."

"어쨌든 여관으로 껄구 가서 짱껭뽕을 해서 정허기루 허세나."

"거 좋지."

그랬는데 K군은 측간에 가는 체하고 피해버렸기 때문에 나는 부전승(不戰勝)으로 금홍이를 이겼다. 그날 밤에 금홍이는 금홍이가 경산부(經産婦, 아기를 낳은 경험이 있는 여자)라는 것을 감추지 않았다.

"언제?"

"열여섯 살에 머리 얹어서 열일곱 살에 낳았지."

"아들?"

"딸."

"어딨나?"

"돌 만에 죽었어."

나는 금홍이를 사랑하지만 금홍에게 다른 남자를 권한다

지어 가지고 온 약은 집어치우고 나는 전혀 금홍이를 사랑하는 데만 골몰했다. 못난 소린 듯하나 사랑의 힘으로 각혈이 다 멎었으니까-.

나는 금홍이에게 노름채(노름차, 화대에 해당)를 주지 않았다. 왜? 날마다 밤마다 금홍이가 내 방에 있거나 내가 금홍이 방에 있거나 했기 때문에-.

그 대신-.

우(禹)라는 불란서 유학생의 유야랑(遊冶郎, 주색잡기에 빠진 사람)을 나는 금홍이에게 권하였다. 금홍이는 내 말대로 우씨와 더불어 '독탕(獨湯)'에 들어갔다. 이 '독탕'이라는 것은 좀 음란한 설비였다. 나는 이 음란한 설비 문간에 나란히 벗어놓은 우씨와 금홍이 신발을 보고 언짢아하지 않았다.

나는 또 내 곁방에 와 묵고 있는 C라는 변호사에게도 금홍이를 권하였다. C는 내 열성에 감동되어 하는 수 없이 금홍이 방을 범했다.

그러나 사랑하는 금홍이는 늘 내 곁에 있었다. 그리고 우, C 등등에게서 받은 10원 지폐를 여러 장 꺼내놓고 어리광 섞어 내게 자랑도 하는 것이었다.

 그러자 나는 백부님 소상(죽은 지 1년이 될 때 지내는 제사) 때문에 귀경하지 않으면 안 되게 되었다. 복숭아꽃이 만발하고 정자 곁으로 석간수(石間水, 바위틈에서 나오는 물)가 졸졸 흐르는 좋은 터전을 한 군데 찾아가서 우리는 석별의 하루를 즐겼다. 정거장에서 나는 금홍이에게 10원 지폐 한 장을 쥐어주었다. 금홍이는 이것으로 전당(典當) 잡힌 시계를 찾겠다고 그러면서 울었다.

2
금홍이는 내 안해가 되었지만 정조를 지키지 않는다

 금홍이가 내 안해가 되었으니까 우리 내외는 참 사랑했다. 서로 지나간 일은 묻지 않기로 하였다. 과거래야 내 과거가 무엇 있을 까닭이 없고 말하자면 내가 금홍이 과거를 묻지 않기로 한 약속이나 다름없다.

 금홍이는 겨우 스물한 살인데 서른한 살 먹은 사람보다도 나았다. 서른한 살 먹은 사람보다도 나은 금홍이가 내 눈에는 열일곱 살 먹은 소녀로만 보이고 금홍이 눈에 마흔 살 먹은 사람으로 보인 나는 기실 스물세 살이요, 게다가 주책이 좀 없어서 똑 여남은 살 먹은 아이 같다. 우리 내외는 이렇게 세상에도 없이 현란(絢爛)하고 아기자기하였다.

 부질없는 세월이ㅡ.

 1년이 지나고 8월, 여름으로는 늦고 가을로는 이른 그 북새통에ㅡ.

 금홍이에게는 예전 생활에 대한 향수가 왔다.

나는 밤이나 낮이나 누워 잠만 자니까 금홍이에게 대하여 심심하다. 그래서 금홍이는 밖에 나가 심심치 않은 사람들을 만나 심심치 않게 놀고 돌아오는—.

즉 금홍이의 협착(狹窄, 형편이 매우 어려운 상태)한 생활이 금홍이의 향수를 향하여 발전하고 비약하기 시작하였다는 데 지나지 않는 이야기다.

그런데 이번에는 내게 자랑을 하지 않는다. 않을 뿐만 아니라 숨기는 것이다.

이것은 금홍이로서 금홍이답지 않은 일일밖에 없다. 숨길 것이 있나? 숨기지 않아도 좋지. 자랑을 해도 좋지.

나는 아무 말도 하지 않는다. 나는 금홍의 오락(娛樂)의 편의를 돕기 위하여 가끔 P군 집에 가 갔다. P군은 나를 불쌍하다고 그랬던가싶이 지금 기억된다.

나는 또 이런 것을 생각하지 않았던 것도 아니다. 즉 남의 안해라는 것은 정조를 지켜야 하느니라고!

금홍이는 나를 내 나태한 생활에서 깨우치게 하기 위하여 우정(일부러) 간음(姦淫)하였다고 나는 호의(好意)로 해석하고 싶다. 그러나 세상에 흔히 있는 안해다운 예의를 지키는 체 해본 것은 금홍이로서 말하자면 천려(千慮, 여러 가지 걱정)의 일실(一失, 하나의 손실)이 아닐 수 없다.

이런 실없는 정조를 간판 삼자니까 자연 나는 외출이 잦았고 금홍이 사업(事業)에 편의를 돕기 위하여 내 방까지도 개방하여 주었다. 그러는 중에도 세월은 흐르는 법이다.

금홍이는 다른 남자와 멀리 떠나버린다

하루 나는 제목(題目) 없이 금홍이에게 몹시 얻어맞았다. 나는 아파서 울고 나가서 사흘을 들어오지 못했다. 너무도 금홍이가 무서웠다.

나흘 만에 와보니까 금홍이는 때 묻은 버선을 윗목에다 벗어놓고 나가 버린 뒤였다.

이렇게도 못나게 홀아비가 된 내게 몇 사람의 친구가 금홍이에 관한 불미한 가십을 가지고 와서 나를 위로하는 것이었으나 종시(終始, 처음부터 끝까지) 나는 그런 취미를 이해할 도리가 없었다.

버스를 타고 금홍이와 남자는 멀리 과천(果川) 관악산(冠岳山)으로 가는 것을 보았다는데 정말 그렇다면 그 사람은 내가 쫓아가서 야단이나 칠까봐 무서워서 그런 모양이니까 퍽 겁쟁이다.

3
금홍이를 잊어버린 나에게 금홍이가 왕복엽서처럼 돌아온다

인간이라는 것은 임시(臨時) 거부하기로 한 내 생활이 기억력이라는 민첩한 작용을 하지 않기 때문에 두 달 후에는 나는 금홍이라는 성명삼자(姓名三字)까지도 말쑥하게 잊어버리고 말았다. 그런 두절된 세월 가운데 하루 길일(吉日)을 복(卜)하여 금홍이가 왕복엽서(往復葉書)처럼 돌아왔다. 나는 그만 깜짝 놀랐다.

금홍이의 모양은 뜻밖에도 초췌하여 보이는 것이 참 슬펐다. 나는 꾸짖지 않고 맥주와 붕어과자(菓子)와 장국밥을 사 먹여 가면서 금홍이를 위로해주었다. 그러나 금홍이는 좀처럼 화를 풀지 않고 울면서 나를 원망하는 것이었다. 할 수 없어서 나도 그만 울어버렸다.

"그렇지만 너무 늦었다. 그만해두 두 달 지간이나 되지 않니? 헤어지자, 응?"

"그럼 난 어떻게 되우, 응?"

"마땅헌 데 있거든 가거라, 응."

"당신두 그럼 장가가나? 응?"

헤어지는 한(限)에도 위로해보낼지어다. 나는 이런 양식(良識) 아래 금홍이와 이별했더니라. 갈 때 금홍이는 선물로 내게 베개를 주고 갔다.

그런데 이 베개 말이다.

이 베개는 이인용(二人用)이다. 싫대도 자꾸 떠맡기고 간 이 베개를 나는 두 주일 동안 혼자 베어보았다. 너무 길어서 안됐다. 안됐을 뿐 아니라 내 머리에서는 나지 않는 묘한 머릿기름때 내 때문에 안면(安眠)이 적이 방해된다.

나는 다시 금홍이와 살지만 못 견디고 집으로 돌아온다

나는 하루 금홍이에게 엽서를 띄웠다.

'중병에 걸려 누웠으니 얼른 오라'고.

금홍이는 와서 보니까 내가 참 딱했다. 이대로 두었다가는 역시 며칠이 못 가서 굶어죽을 것 같이만 보였던가 보다. 두 팔을 부르걷고 그날

부터 나가서 벌어다가 나를 먹여 살린다는 것이다.

"오-케-."

인간천국(人間天國)-그러나 날이 좀 추웠다. 그러나 나는 대단히 안일하였기 때문에 재채기도 하지 않았다.

이러기를 두 달? 아니 다섯 달이나 되나 보다. 금홍이는 홀연히 외출했다.

달포를 두고 금홍의 '홈씩(homesick, 향수병)'을 기대하다가 진력이 나서 나는 기명집물(器皿什物, 집 안이나 사무실에서 쓰는 그릇들과 온갖 기구)을 두들겨 팔아버리고 21년 만에 '집'으로 돌아갔다.

와보니 우리 집은 노쇠했다. 이어 불초 이상(李箱)은 이 노쇠한 가정을 아주 쑥밭을 만들어버렸다. 그동안 이태가량-.

어언간(於焉間, 어느덧) 나도 노쇠해버렸다. 나는 스물일곱 살이나 먹어버렸다.

천하(天下)의 여성은 다소간(多少間) 매춘부의 요소를 품었느니라고 나 혼자는 굳이 신념한다. 그 대신 내가 매춘부에게 은화를 지불하면서는 한 번도 그네들을 매춘부라고 생각한 일이 없다. 이것은 내 금홍이와의 생활에서 얻은 체험만으로는 성립되지 않는 이론같이 생각되나 기실 내 진담이다.

4
빈털터리가 된 나에게 금홍이가 찾아온다

나는 몇 편의 소설과 몇 줄의 시를 써서 내 쇠망(衰亡)해가는 심신 위에

치욕을 배가하였다. 이 이상 내가 이 땅에서의 생존을 계속하기가 자못 어려울 지경에까지 이르렀다. 나는 하여간 허울 좋게 말하자면 망명해야겠다.

어디로 갈까. 나는 만나는 사람마다 동경(東京)으로 가겠다고 호언했다. 그뿐 아니라 어느 친구에게는 전기기술(電氣技術)에 관한 전문 공부를 하러 간다는 둥, 학교 선생님을 만나서는 고급 단식인쇄술(單式印刷術)을 연구하겠다는 둥, 친한 친구에게는 내 5개 국어에 능통할 작정일세 어쩌구, 심하면 법률을 배우겠소까지 허담(虛談, 실상이 없이 꾸민 헛된 이야기)을 탕탕 하는 것이다. 웬만한 친구는 보통들 속나 보다. 그러나 이 헛선전(宣傳)을 안 믿는 사람도 더러는 있다. 하여간 이것은 영영 빈빈털터리가 되어버린 이상(李箱)의 마지막 공포(空砲, 실탄 없이 소리만 나게 하는 총질)에 지나지 않는 것만은 사실이겠다.

어느 날 나는 이렇게 여전히 공포(空砲)를 놓으면서 친구들과 술을 먹고 있자니까 내 어깨를 툭 치는 사람이 있다. '긴상(キンさん, 김선생님)'이라는 이다.

"긴상(이상도 사실은 긴상이다)(이상의 본명은 김해경), 참 오래간만이슈. 건데 긴상 꼭 긴상 한번 만나뵙자는 사람이 하나 있는데 긴상 어떡허시려우."

"거 누군구. 남자야? 여자야?"

"여자니까 일이 재미있지 않느냐 그런 말야."

"여자라?"

"긴상 옛날 오쿠상(おくさん, 아내)."

금홍이가 서울에 나타났다는 이야기다. 나타났으면 나타났지 나를 왜 찾누?

나는 긴상에게서 금홍이의 숙소를 알아 가지고 어쩔 것인가 망설였다. 숙소는 동생 일심(一心)이 집이다.

드디어 나는 만나 보기로 결심하고 그리고 일심이 집을 찾아가서,

"언니가 왔다지?"

"어유— 아제두, 돌아가신 줄 알았구려! 그래 자그만치 인제 온단 말씀유, 어서 들오슈."

초췌해진 금홍이와 나는 영이별을 한다

금홍이는 역시 초췌하다. 생활전선에서의 피로의 빛이 그 얼굴에 여실하였다.

"네놈 하나 보구져서 서울 왔지 내 서울 뭘 허려 왔다디?"

"그러게 또 난 이렇게 널 찾아오지 않었니?"

"너 장가갔다더구나."

"얘 디끼 싫다. 기 육모초 겉은 소리."

"안 갔단 말이냐 그럼?"

"그럼."

당장에 목침이 내 면상을 향하여 날아 들어왔다. 나는 예나 다름이 없이 못나게 웃어주었다.

술상(床)을 보아왔다. 나도 한 잔 먹고 금홍이도 한 잔 먹었다. 나는 영

변가(寧邊歌, 평안도 영변 지방의 대표적인 민요)를 한마디 하고 금홍이는 육자배기를 한마디 했다.

밤은 이미 깊었고 우리 이야기는 이게 이생에서의 영이별(永離別, 영원히 헤어짐)이라는 결론으로 밀려갔다. 금홍이는 은수저로 소반전을 딱딱 치면서 내가 한 번도 들은 일이 없는 구슬픈 창가를 한다.

"속아도 꿈결 속여도 꿈결 굽이굽이 뜨내기 세상 그늘진 심정에 불질러 버려라, 운운(云云)."

이야기 따라잡기

　23살 각혈을 하는 나는 B라는 신개지의 한적한 온천으로 간다. 여관 아래서 약탕관을 붙들고 억울해하는 나는 여관 주인영감을 앞장세워 금홍이가 있는 곳으로 간다. 16, 7살 되어 보이는 21살 금홍이는 23살인 나에게 39, 40쯤 되어 보인다고 한다.

　다음 날 화우 K군과 함께 금홍이에게 간다. 금홍이는 자신이 17살에 딸을 낳은 경험이 있다는 사실까지 숨기지 않고 이야기한다. 이렇게 금홍이와 가까워진 나는 각혈도 하지 않고 금홍이와 밤마다 함께 있게 된다. 나는 금홍이에게 노름채를 주지 않는 대신 우나 C 등을 권하여 돈을 받게 했다. 백부 제사로 인해 다시 돌아가게 된 나는 금홍이에게 10원 지폐 1장을 준다.

　나는 금홍이를 아내로 맞아 지나간 일은 서로 묻지 않고 아기자기하게 함께 산다. 1년이 지난 어느 가을, 금홍이는 심심하고 어려운 형편을 견디지 못하고 과거의 생활로 돌아간다. 나는 금홍이의 사업을 위해 자리를 비워주곤 한다. 금홍이는 이를 견디지 못하고 결국 다른 남자와 함께 집을 나갔다.

  2달 동안 혼자 지낸 나는 금홍이를 잊어버리고 만다. 그런데 금홍이가 초췌하여 돌아온다. 서로 헤어지기로 하였는데 금홍이는 나에게 이인용 베개를 선물한다. 베개 냄새로 인해 금홍이를 잊지 못한 나는 금홍이에게 엽서를 띄우고 금홍이는 나를 먹여 살린다며 함께 살다가 또 홀연히 외출을 한다.

  빈털터리가 된 나는 사람들에게 동경에 간다는 둥, 5개 국어에 능통할 작정이라는 둥 허담을 하며 지낸다. 어느 날 긴상이라는 사람이 금홍이가 한번 만나고 싶어한다고 전한다. 초췌해진 모습으로 나타난 금홍이와 영이별이라는 결론을 내리며 함께 술을 마시고, 금홍이는 구슬픈 창가를 부른다.

쉽게 읽고 이해하기

이상의 자전적 소설

이 소설은 이상의 첫 번째 부인 금홍이와 이상 자신의 이야기를 다룬 자전적 소설이다. 이 소설의 '나'는 실제 이상과 많이 닮아 있다. 실제로 이상도 각혈로 인해 건축기수직을 사임하게 된다. 그리고 배천온천에 들어가 요양을 한다. 이 소설의 '나' 역시 각혈로 인해 B라는 곳의 온천으로 요양을 간다.

실제로 이상은 요양지에서 알게 된 기생 금홍이와 함께 귀경하여 『조선중앙일보』에 시 「오감도」를 연재하기 시작했다. 이 소설에서 금홍이가 아내가 되는 것과 같다. 또한 긴상을 만나 나누는 대화에서 "긴상(이상도 사실은 긴상이다)"라고 하는 것은 이상의 본명이 김해경이기 때문이다.

이러한 사실들을 통해 소설이 이상의 실제 이야기를 바탕으로 한 자전적 소설임을 예상할 수 있다. 이러한 자전적 소설로는 채만식의 「민족의 죄인」이 있으며, 이태준의 「사상의 월야」, 박경리의 「불신시대」, 이호철의 「소시민」 등이 있다.

만남-사랑-갈등 - 이별

　나는 23살의 젊은 나이에 각혈을 해, 마치 39살에서 심지어 40살까지 들어보이는 남자이고, 금홍이는 16살, 많아봐야 17살로 보이지만, 이미 딸을 낳은 경험이 있는 21살 여자이다. 둘의 관계는 계속되는 만남, 사랑, 그리고 갈등으로 인한 이별로 지속된다. 그러나 이러한 순환은 시간이 갈수록 점점 다른 양상을 띠게 된다.
　그들의 첫 번째 만남은 B라는 신개지의 한적한 온천에서 시작된다. '나'가 젊은 나이에 요양이나 해야 하는 자신의 신세를 한탄하며 절망에 빠져 있다가 여관 주인을 앞세워 금홍이가 있는 곳에 간다. 금홍이를 만나게 된 나는 솔직한 금홍이를 사랑하게 되고, 금홍이도 나를 싫어하지 않아 함께 서로의 방을 오가며 살게 된다. 심지어 금홍이를 사랑하면서 나는 약을 먹지 않기 시작했고, 각혈까지도 멈추게 된다.
　그러나 그들의 만남은 심상치 않다. 나는 금홍이를 사랑하지만 금홍이에게 우나 C 등을 권한다. 우에게는 금홍이와 음란한 독탕에 들어가라고 하고 그 밖에서 둘이 벗어놓은 신을 본다. 그러나 나는 그것을 보고 언짢아하지 않는다. C는 나와 금홍의 관계를 알고 마다하지만 결국 나의 부탁에 의해 금홍이의 방을 범한다. 나는 금홍이에게 돈을 주지 않는 대신에 다른 남자를 소개해줌으로써 돈을 벌 수 있도록 해주는 것이다. 그러면 금홍이는 정조를 판 대가로 받은 돈을 나에게 자랑한다. 그러나 둘은 서로의 그러한 행동에도 불구하고 갈등을 느끼지 못한다. 나의 태도에 대해서도, 그리고 금홍이의 태도에 대해서도 서로 잘못된 부분을 느끼지 못한다. 그렇게 지내다가 둘은 '나'의 백부 제사로 인해 이별을 한다. '나'는 이별을 하면서 금홍이에게 돈을 준다.

그들의 두 번째 만남은 결혼을 통해 이루어진다. 둘은 결혼을 하고 아기자기한 생활을 이어나간다. 그러나 '나'는 아무것도 할 수 없는 무기력한 사람이다보니 심심한 일상이 계속되고 형편은 어려워져, 결국 금홍이는 예전과 같이 정조를 팔아 생활하기 시작한다.

그러나 문제는 금홍이가 예전과 같이 자랑하거나 알리지 않고 숨기기 시작한 것이다. 과거에는 정조가 아무런 문제도 되지 않았지만 둘의 관계가 깊어지면서 정조의 문제가 갈등의 원인이 되기 시작한 것이다. 그러나 단순한 정조의 문제만은 아니다. 둘의 사이에는 경제적 문제, 정조라는 도덕적 문제, 그리고 서로에게 비밀이 생기는 신뢰의 문제까지 복합적으로 작용하여 갈등을 유발한다. 결국 금홍이가 다른 남자와 도망감으로써 그들의 만남은 끝이 난다. 그러나 나는 그 둘을 쫓아갈 생각이 전혀 없고, 이별에 대한 어떠한 감정도 느끼지 못한다.

그들의 세 번째 만남은 금홍이가 돌아옴으로 인해 시작된다. 2달 동안의 이별로 인해 나는 금홍이의 존재를 잊어버린다. 그러던 어느 날 금홍이가 마치 왕복엽서처럼 돌아온다. 초췌해진 금홍이는 나를 원망하고 둘은 서로 좋은 사람을 만나라며 헤어진다. 그리고 금홍이는 이별의 선물로 이인용 베개를 준다.

네 번째 만남은 세 번째 만남의 연속으로 이인용 베개에 묻은 냄새로 인해 '나'가 금홍이에게 연락하게 되어 이루어진다. 나는 금홍이에게

'중병에 걸려 누웠으니 얼른 오라'고 전한다. 결국 둘은 다시 만나게 되고 금홍이는 '나'를 딱하게 생각해 다시 먹여 살리겠다고 하지만 2달, 혹은 5달이 지나자 향수병이 도져 결국 다시 외출을 하게 되고, 나도 집으로 돌아오게 된다. 네 번째 이별은 금홍이의 계속되는 외출(혹은 가출)에 의한 갈등과 예전만큼 사랑에 대해 절실하게 생각하지 않게 된 두 사람의 관계가 원인이 된 것이다.

  다섯 번째 만남은 '나'가 금홍이와의 관계를 정리하고 자신의 생활을 차차 찾아가고 있을 때 이루어진다. 빈털터리 신세이지만 사람들에게는 앞으로 어떻게 살 거라고 큰소리를 치며 다니다가 우연히 금홍이를 아는 사람을 만나게 된다. 금홍이가 '나'의 아내였다는 사실을 알고 있는 긴상은 '나'에게 금홍이가 한번 만나고 싶어한다는 사실을 전한다. 다섯 번째 만남은 직접적인 것이 아니라 타인을 통해 간접적으로 자신의 감정을 전달한다. 만나서도 서로에 대해 연민을 느끼지만 이별을 이미 예감하며 함께 술을 마신다. 그것으로 이들의 순환적인 관계도 막을 내리게 된다.

어설프게 행동하는 것, 주저하는 것보다 나쁜 것은 없다.
한 가지 목표를 정하고 모든 에너지를 쏟아부어라.
― 로알 아문센(노르웨이의 탐험가, 1872~1928)

「종생기」(『조광』, 1937. 5)는 어려운 문장과 난해한 표현으로 자의식의 세계를 그린 작품으로 생의 마감을 계획하며 쓴 유서 형태의 단편소설이다.

종생기

이리하여 나의 종생은 끝났으되 나의 종생기는 끝나지 않는다.

등장인물

나 종생기를 쓰는 필자. 사랑하는 정희가 자신을 속이고 부정을 저지른 사실을 알고 원망한다. 생의 마감을 준비하며 유서로 종생기라는 명작을 남기고자 한다.

정희 부정한 여자. '나'를 속이면서 자신의 욕망을 채우기 위해 부정을 저지르며 살아간다.

종생기(終生記)

내 종생기는 부끄러움 없는 것이어야 한다

극유산호(郤遺珊瑚) – 요 다섯 자 동안에 나는 두 자 이상의 오자(誤字)를 범했는가 싶다. 이것은 나 스스로 하늘을 우러러 부끄러워할 일이겠으나 인지(人智)가 발달해가는 면목이 실로 약여(躍如, 생생하게 나타나는 듯함)하다.

죽는 한이 있더라도 이 산호(珊瑚) 채찍일랑 꽉 쥐고 죽으리라. 내 폐포파립(廢袍破笠, 초라한 차림새) 위에 퇴색한 망해(亡骸, 유골) 위에 봉황이 와 앉으리라.

나는 내 '종생기(終生記)'가 천하 눈 있는 선비들의 간담을 서늘하게 해놓기를 애틋이 바라는 일념 아래 이만큼 인색한 내 맵시의 절약법을 피력하여 보인다.

일발포성(一發砲聲)에 부득이 영웅이 되고 만 희대(稀代)의 군인 모(某)는 아흔에 귀를 단 황송한 일생을 끝막던 날 이렇다는 유언 한 마디를 지껄이지 않고 그 임종의 장면을 곧잘 (무사히 후- 한숨이 나올 만큼) 넘겼다.

그런데 우리들의 레우오치카-애칭(愛稱) 톨스토이-는 괴나리봇짐을 짊어지고 나선 데까지는 기껏 그럴 성싶게 꾸며가지고 마지막 5분에 가서 그만 잡쳤다. 자지레한 유언 나부랭이로 말미암아 70년 공든 탑을 무너뜨렸고 허울 좋은 일생에 가실 수 없는 흠집을 하나 내어놓고 말았다.

나는 일개 교활한 옵서버(observer, 관찰자, 방청객)의 자격으로 그런 우매한 성인들의 생애를 방청하여 왔으니 내가 그런 따위의 실수를 알고도 재범(再犯)할 리가 없는 것이다.

외출준비 중에 면도를 하다가 상처가 난다

거울을 향하여 면도질을 한다. 잘못해서 나는 생채기를 내인다. 나는 골을 벌컥 내인다.

그러나 와글와글 들끓는 여러 '나'와 나는 정면으로 충돌하기 때문에 그들은 제각기 베스트(best)를 다하여 제 자신만을 변호하는 때문에 나는 좀처럼 범인을 찾아내기는 어렵다는 것이다.

그러기에 대저 어리석은 민중들은 '원숭이가 사람 흉내를 내네' 하고 마음을 놓고 지내는 모양이지만 사실 사람이 원숭이 흉내를 내고 지내는 바짜 지당한 전고(典故)를 이해하지 못하는 탓이리라.

오호라. 일거수일투족이 이미 아담 이브의 그런 충동적 습관에서는 탈각(脫却, 벗어버림)한 지 오래다. 반사운동과 반사운동 틈바구니에 끼어서 잠시 실로 전광석화만큼 손가락이 자의식의 포로가 되었을 때 나는 모처럼 내 허무한 세월 가운데 한각(閑却, 내버려 둠)되어 있는 기암(奇巖, 기이한 바위), 내 콧잔등이를 좀 만지작만지작했다거나, 고귀한 대화와 대화 늘어선 쇠사슬 사이에도 정(正)히 간발을 허용하는 들창이 있나니 그 서슬 퍼런 날[刃]이 자의식을 걷잡을 사이도 없이 양단(兩斷)하는 순간 나는 내 명경(明鏡, 맑은 거울)같이 맑아야 할 지보(至寶, 더없이 중요한 보배) 두 눈에 혹시 눈곱이 끼지나 않았나 하는 듯이 적절하게 주름살 잡힌 손수건을 꺼내어서는 그 두 눈을 만지작만지작했다거나—.

나는 산호 채찍 같은 내 종생기를 자랑하고 싶다

내 혼백과 사대의 점잖은 태만성이 그런 사소한 연화(煙火, 집에서 불을 때면서 나는 연기)들을 일일이 따라다니면서 (보고 와서) 내 통괄(統括)되는 처소(處所)에다 일러바쳐야만 하는 그런 압도적 망쇄(忙殺, 매우 바쁨)를 나는 이루 감당해내는 수가 없다.

그러나 나는 내 지중(至重)한 산호편(珊瑚鞭, 산호로 꾸민 채찍)을 자랑하고 싶다.

'쓰레기', '우거지'

이 구지레한 단자(單字)의 분위기를 족하(足下, 상대편을 높여 부르는 말)는 족히 이해하십니까.

족하는 족하가 기독교식으로 결혼하던 날 네이브·앤드·아일(nave and aisle, 교회 본당과 복도)에서 이 '쓰레기', '우거지'에 근이(近邇)한(가까운)

감흥을 맛보았으리라고 생각이 되는데 과연 그렇지는 않으십니까.

나는 그런 '쓰레기'나 '우거지' 같은 테이프(tape)를 ─ 내 종생기(終生記) 처처(處處)에다 가련히 심어놓은 자지레한 치레를 위하여 ─ 뿌려 보려는 것인데 ─.

다행히 박수(拍手)하다. 이상(以上).

나는 그럴듯한 종생기를 남기려 하지만 뜻대로 되지 않는다

'치사(侈奢, 사치)한 소녀는', '해동기의 시냇가에 서서', '입술이 낙화 지듯 좀 파래지면서', '박빙(살얼음) 밑으로는 무엇이 저리도 움직이는가 고', '고개를 갸웃거리는 듯이 숙이고 있는데', '봄 운기를 품은 훈풍이 불어와서', '스커트(skirt)', 아니 아니, '너무나'. 아니 아니, '좀', '슬퍼 보이는 홍발(紅髮, 붉은 머리털)을 건드리면' 그만. 더 아니다. 나는 한마디 가련한 어휘를 첨가할 성의를 보이자.

'나붓 나붓.'

이만하면 완비된 장치에 틀림없으리라. 나는 내 종생기의 서장(序章, 앞머리)을 꾸밀 그 소문 높은 산호편을 더 여실히 하기 위하여 위와 같은 실로 나로서는 너무나 과람(過濫, 분수에 넘침)이 치사스럽고 어마어마한 세간살이를 장만한 것이다.

그런데 ─.

혹 지나치지나 않았나. 천하에 형안(炯眼, 날카로운 눈매, 뛰어난 관찰력)이 없지 않으니까 너무 금칠을 아니했다가는 서툴리 들킬 염려가 있다. 허나-.

그냥 어디 이대로 써[用]보기로 하자.

나는 지금 가을바람이 자못 소슬한 내 구중중한 방에 홀로 누워 종생(終生)하고 있다.

어머니 아버지의 충고에 의하면 나는 추호의 틀림도 없는 만 25세와 11개월의 '홍안(붉은 얼굴) 미소년'이라는 것이다. 그렇건만 나는 확실히 노옹이다. 그날 하루하루가 '인생은 짧고 예술은 길다랗다.' 하는 엄청난 평생이다.

나는 날마다 운명(殞命, 죽음)하였다. 나는 자던 잠-이 잠이야말로 언제 시작한 잠이더냐-을 깨이면 내 통절(痛切)한 생애가 개시되는데 청춘이 여지없이 탕진되는 것은 이불을 푹 뒤집어쓰고 누웠지만 역력히 목도한다.

나는 노래(老來, 늘그막)에 빈한한 식사를 한다. 열두 시간 이내에 종생(終生, 생을 마감함)을 맞이하고 그리고 할 수 없이 이리 궁리 저리 궁리 유언다운 유언이 어디 유실되어 있지 않나 하고 찾고, 찾아서는 그중 의젓스러운 놈으로 몇 추린다.

그러나 고독한 만년 가운데 한 구의 에피그램(epigram, 경구(警句). 진리나 삶에 대한 느낌, 사상을 간결하고 날카롭게 표현한 말)을 얻지 못하고 그대로 처참히 나는 물고(物故, 쓰던 물건이 낡았다는 뜻으로 사람의 죽음을 뜻함)하고 만다.

일생의 하루-.

하루의 일생은 대체(위선) 이렇게 해서 끝나고 끝나고 하는 것이었다.

내 유서는 어느 천재가 쓴 유서의 아류처럼 보인다

자— 보아라.

이런 내 분장은 좀 과하게 치사스럽다는 느낌은 없을까, 없지 않다.

그러나 위풍당당 일세(一世, 한 시대)를 풍미할 만한 참신무비(斬新無比, 비길 데가 없음)한 햄릿(망언다사)(망언을 사과한다는 뜻으로, 자신의 글을 낮추어 이르는 말)을 하나 출세시키기 위하여는 이만한 출자(出資)는 아끼지 말아야 하지 않을까 하는 느낌도 없지 않다.

나는 가을. 소녀는 해동기.

어느 제나 이 두 사람이 만나서 즐거운 소꿉장난을 한번 해보리까.

나는 그해 봄에도—.

부질없는 세상이 스스러워서 상설(霜雪, 서리와 눈) 같은 위엄을 갖춘 몸으로 한심한 불우의 일월을 맞고 보내지 않으면 안 되었다.

미문(美文, 아름다운 문장), 미문, 애아! 미문.

미문이라는 것은 적이 조처(措處)하기 위험한 수작이니라.

나는 내 감상의 꿀방구리(꿀 항아리) 속에 청산 가던 나비처럼 마취혼사(痲醉昏死, 마취되어 혼절해 죽음)하기 자칫 쉬운 것이다. 조심조심 나는 내 맵시를 고쳐야 할 것을 안다.

나는 그날 아침에 무슨 생각에서 그랬던지 이를 닦으면서 내 작성 중에 있는 유서 때문에 끙끙 앓았다.

열세 벌의 유서가 거의 완성해가는 것이었다. 그러나 그 어느 것을 집어내 보아도 다 같이 서른여섯 살에 자수(自殊, 자살)한 어느 '천재(天才)'

가 머리맡에 놓고 간 개세(蓋世, 기상이나 위력 등이 세상을 뒤덮음)의 일품의 아류에서 일보(一步, 한 걸음)를 나서지 못했다. 내게 요만 재주밖에는 없느냐는 것이 다시없이 분하고 억울한 사정이었고 또 초조의 근원이었다. 미간을 찌푸리되 가장 고매한 얼굴은 지속해야 할 것을 잊어버리지 않고 그리고 계속하여 끙끙 앓고 있노라니까 (나는 일시일각(一時一刻)을 허송하지는 않는다. 나는 없는 지혜를 끊치지 않고 쥐어짠다.) 속달 편지가 왔다. 소녀에게서다.

정희의 편지를 받고 나는 나갈 준비를 공들여 한다

　　선생님! 어제 저녁 꿈에도 저는 선생님을 만나 뵈었습니다. 꿈 가운데 선생님은 참 다정하십니다. 저를 어린애처럼 귀여워해주십니다.
　　그러나 백일(白日) 아래 표표(飄飄, 나부끼거나 날아오르는 모양)하신 선생님은 저를 부르시지 않습니다.
　　비굴(卑屈)이라는 것이 무슨 빛으로 되어 있나 보시려거든 선생님은 거울을 한번 보아보십시오. 거기 비치는 선생님의 얼굴빛이 바로 비굴이라는 것의 빛입니다.
　　헤어진 부인과 3년을 동거하시는 동안에 너 가거라 소리를 한마디도 하신 일이 없다는 것이 선생님 유일의 자만이십니다그려! 그렇게까지 선생님은 인정에 구구(苟苟, 구차)하신가요.
　　R과도 깨끗이 헤어졌습니다. S와도 절연(絕緣)한 지 벌써 다섯 달이나 된다는 것은 선생님께서도 믿어주시는 바지요? 다섯 달 동안 저에게는 아무것도 없습니다. 저의 청절(淸節, 맑고 깨끗한 절개)을 인정해주시기 바랍니다.
　　저의 최후까지 더럽히지 않은 것을 선생님께 드리겠습니다. 저의 희멀건 살의 매력이 이렇게 다섯 달 동안이나 놀고 없는 것은 참 무엇이라고 말할 수 없이 아깝습니다. 저의 잔털 나스르르한 목, 영한(산뜻하고 생기 있는 밝은 기운이 도는) 온도가 선생님을 기다리고 있습니다. 선생님이여! 저를 부르십시오. 저더러 영영 오라는 말을 안 하시는 것은 그것 역시 가신 적 경우와 똑같은 이론에서 나온 구구한 인생 변호의 치사스러운 수법이신가요?

영원히 선생님 '한 분'만을 사랑하지요. 어서 어서 저를 전적으로 선생님만의 것을 만들어주십시오. 선생님의 '전용'이 되게 하십시오.

제가 아주 어수룩한 줄 오산하고 계신 모양인데 오산치고는 좀 어림없는 큰 오산이리다.

네 딴은 제법 든든한 줄만 믿고 있는 네 그 안전지대라는 것을 너는 아마 하나 가진 모양인데 그까짓것쯤 내 말 한마디에 사태(沙汰, 무너져 내려앉는 일)가 나고 말리라, 이렇게 일러드리고 싶습니다. 또-.

예끼! 구역질나는 인생 같으니 이러고도 싶습니다.

3월 3일 날 오후 두 시에 동소문 버스 정류장 앞으로 꼭 와야 되지 그렇지 않으면 큰일나요. 내 징벌을 안 받지 못하리라.

만 19세 2개월을 맞이하는
정희(貞姬) 올림
이상(李箱) 선생님께

물론 이것은 죄다 거짓부렁이다. 그러나 그 일촉즉발의 아슬아슬한 용심법(用心法)이, 특히 그중에도 결미(結尾, 끝 부분)의 비견할 데 없는 청초함이 장히 질풍신뢰(疾風迅雷)를 품은 듯한 명문이다.

나는 까무러칠 뻔하면서 혀를 내어둘렀다. 나는 깜빡 속기로 한다. 속고 만다.

여기 이 이상 선생님이라는 허수아비 같은 나는 지난밤 사이에 내 평생을 경력(經歷, 여러 가지 일을 겪어 지내옴)했다. 나는 드디어 쭈글쭈글하게 노쇠해버렸던 차에 아침(이 온 것)을 보고 이키! 남들이 보는 데서는 나는 가급적 어쭙지않게 (잠을) 자야 되는 것이거늘, 하고 늘 이를 닦고 그리고는 도로 얼른 자 버릇하는 것이었다. 오늘도 또 그럴 셈이었다.

사람들은 나를 보고 짐짓 기이하기도 해서 그러는지 경천동지(驚天動地, 세상을 몹시 놀라게 함)의 육중한 경륜(經綸)을 품은 사람인가 보다고들 속는다. 그러니까 그렇게 하는 것이 내 시시한 자세나마 유지시킬 수 있는 유일무이의 비결이었다. 즉 나는 남들 좀 보라고 낮에 잔다.

그러나 그 편지를 받고 흔희작약(欣喜雀躍, 너무 좋아서 뛰며 기뻐함), 나는 개세의 경륜과 유서의 고민을 깨끗이 씻어버리기 위하여 바로 이발소로 갔다. 나는 여간 아니 호걸답게 입술에다 치분(齒粉)을 허옇게 묻혀 가지고는 그 현란한 거울 앞에 가 앉아 이제 호화장려하게 개막하려 드는 내 종생을 유유히 즐기기로 거기 해당하게 내 맵시를 수습하는 것이었다.

우선 그 작소(鵲巢, 까치집)라는 뇌명(雷名, 널리 알려진 이름)까지 있는 봉발(蓬髮, 흐트러진 머리모양)을 썰어서 상고머리라는 것을 만들었다. 오각수(五角鬚, 턱에 난 5각 모양의 수염)는 깨끗이 도태해버렸다. 귀를 우비고(후비고) 코털을 다듬었다. 안마(按摩)도 했다. 그리고 비누세수를 한 다음 문득 거울을 들여다보니 품(品, 기품이나 품위) 있는 데라고는 한 귀퉁이도 없어보이는 듯하면서 또한 태생을 어찌 어기리오, 좋도록 말해서 라파엘 전파(Pre-Raphaelite Brotherhood, 1840년대 말에 있었던 미술운동) 일원같이 그렇게 청초한 백면서생이라고도 보아줄 수 있지 하고 실없이 제 얼굴을 미남자거니 고집하고 싶어하는 구지레한 욕심을 내심 탄식하였다.

아차! 나에게도 모자가 있다. 겨우내 꾸겨 박질러 두었던 것을 부득부득 끄집어내어다 15분간 세탁소로 가지고 가서 멀쩡하게 만들었다. 그리고 흰 바지저고리에 고동색 대님을 다 치고 차림차림이 제법 이색(異色)이었다. 공단은 못 되나마 능직(綾織, 직물의 조직) 두루마기에 이만하면 고왕금래(古往今來) 모모(某某)한 천재의 풍모에 비겨도 조금도 손색이 없으리라. 나는 내 그런 여간 이만저만하지 않은 풍모를 더욱더욱 이만저만하지 않게 모디파이어(modifier, 꾸미다)하기 위하여 가늘지도 굵지도 않은 그다지 알맞은 단장(短杖, 짧은 지팡이)을 하나 내 손에 쥐어주어야 할 것도 때마침 잊어버리지는 않았다.

나는 정희의 마음에 들기 위해 여러 가지로 신경을 쓴다

별수없이-.

오늘이 즉 3월 3일인 것이다.

나는 점잖게 한 30분쯤 지각해서 동소문 지정받은 자리에 도착하였다. 정희는 또 정희대로 아주 정희답게 한 30분쯤 일찍 와서 있다.

정희의 입상(立像)은 제정 러시아적 우표딱지처럼 적잖이 슬프다. 이것은 아직도 얼음을 품은 바람이 해토(解土, 땅풀림)머리답게 싸늘해서 말하자면 정희의 모양을 얼마간 침통하게 해보인 탓이렷다.

나는 이런 경우에 천만뜻밖에도 눈물이 핑 눈에 그득 돌아야 하는 것이 꼭 맞는 원칙으로서의 의표(意表)가 아닐까 그렇게 생각하면서 저벅저벅 정희 앞으로 다가갔다.

우리 둘은 이 땅을 처음 찾아온 제비 한 쌍처럼 잘 앙증스럽게 만보(漫

步, 한가롭게 걷는 걸음)하기 시작했다. 걸어가면서도 나는 내 두루마기에 잡히는 주름살 하나에도, 단장을 한 번 휘젓는 곡절에도 세세히 조심한다. 나는 말하자면 내 우연한 종생을 깜쪽스럽도록 찬란하게 허식(虛飾(허례허식, 겉만 꾸밈)하기 위하여 내 박빙(薄氷)을 밟는 듯한 포즈를 아차 실수로 무너뜨리거나 해서는 절대로 안 된다는 것을 굳게굳게 명(銘)하고 있는 까닭이다.

그러면 맨 처음 발언으로는 나는 어떤 기절참절(奇絶慘絶)한(기이하면서 애처로운) 경구(느낌, 사상 등을 간결하게 표현한 말)를 내어놓아야 할 것인가, 이것 때문에 또 잠깐 머뭇머뭇하지 않을 수도 없었지만 그렇다고 바로 대고 거 어쩌면 그렇게 똑 제정 러시아적 우표딱지같이 초초(楚楚, 말끔하고 깨끗함)하니 어쩌니 하는 수는 차마 없다.

나는 선뜻,

"설마가 사람을 죽이느니."

하는 소리를 저 뱃속에서부터 우러나오는 듯한 그런 가라앉은 목소리에 꽤 명료한 발음을 얹어서 정희 귀 가까이다 대고 지껄여버렸다. 이만하면 아마 그 경우의 최초의 발성으로는 무던히 성공한 편이리라. 뜻인즉, 네가 오라고 그랬다고 그렇게 내가 불쑥 올 줄은 너 꿈에도 생각하지 못했으리라는 꼼꼼한 의도다.

나는 아침 반찬으로 콩나물을 3전어치는 안 팔겠다는 것을 교묘히 무사히 3전어치만 살 수 있는 것과 같은 미끈한 쾌감을 맛본다. 내 딴은 다행히 노랑돈(몹시 아끼는 돈) 한 푼도 참 용하게 낭비하지는 않은 듯싶었다.

정희의 냉랭한 반응에 나는 상심한다

그러나 그런 내 청천에 벽력이 떨어진 것 같은 인사에 대하여 정희는 실로 대답이 없다. 이것은 참 큰일이다.

아이들이 고추 먹고 맴맴 담배 먹고 맴맴 하고 노는 그런 암팡진 수단으로 그냥 단번에 나를 어지러뜨려서는 넘어뜨려버릴 작정인 모양이다.

정말 그렇다면!

이 상쾌한 정희의 확호(確乎, 든든하고 굳센) 부동자세야말로 엔간치 않은 출품이 아닐 수 없다. 내가 내어놓은 바 살인촌철(殺人寸鐵, 사람을 죽일 수 있는 날카로운 쇠붙이)은 그만 즉석에서 분쇄되어 가엾은 부작(不作)으로 내려 떨어지고 마는 것이다, 하고 나는 느꼈다.

나는 나로서 할 수 있는 가장 큰 규모의 손짓 발짓을 한 벌 해 보이고 이윽고 낙담하였다는 것을 표시하였다. 일이 여기 이른 바에는 내 포즈 여부가 문제 아니다. 표정도 이제 더 써먹을 것이 남아 있을 성싶지도 않고 해서 나는 겸연쩍게 안색을 좀 고쳐가지고 그리고 정희! 그럼 나는 가겠소, 하고 깍듯이 인사하고 그리고?

나는 발길을 돌려서 집을 향해 걷기 시작했다. 내 파란만장의 생애가 자지레한 말 한마디로 하여 그만 회신(灰燼, 불에 타고 남은 재)으로 돌아가고 만 것이다. 나는 세상에도 참혹한 풍채 아래서 내 종생을 치른 것이다고 생각하면서 그렇다면 그럼 그럴 성싶기도 하게 단장도 한두 번 휘두르고 입도 좀 일기죽일기죽해 보기도 하고 하면서 행차하는 체해 보인다.

5초- 10초- 20초- 30초- 1분-.

결코 뒤를 돌아다보거나 해서는 못쓴다. 어디까지든지 사심 없이 패배한 체하고 걷는 체한다. 실심(失心)한 체한다.

나는 죽음과 관련하여 나의 종생기를 생각한다

나는 사실은 좀 어지럽다. 내 쇠약한 심장으로는 이런 자약(自若, 태연자약의 줄인 말)한 체조를 그렇게 장시간 계속하기가 썩 어려운 것이다.

묘지명(墓誌名)이라. 일세의 귀재 이상은 그 통생(通生)의 대작 「종생기」 한 편을 남기고 서력(西曆, 서양 달력) 기원후 1937년 정축(丁丑) 3월 3일 미시(未時, 오후 1시~3시) 여기 백일 아래서 그 파란만장(?)의 생애를 끝막고 문득 졸(卒)하다. 향년 만 25세와 11개월. 오호라! 상심 크다. 허탈이야. 잔존하는 또 하나의 이상(李箱) 구천(九天)을 우러러 호곡(號哭, 소리 내어 슬피 우는 울음)하고 이 한산(寒山) 일편석(一片石)을 세우노라. 애인 정희는 그대의 몰후(歿後, 죽은 뒤) 수삼인의 비첩(秘妾)된 바 있고 오히려 장수하니 지하의 이상아! 바라건댄 명목(瞑目, 편안한 죽음)하라.

그리 칠칠치는 못하나마 이만큼 해가지고 이 꼴 저 꼴 구지레한 흠집을 살짝 도회(韜晦, 숨겨 감춤)하기로 하자. 고만 실수는 여상(如上)의 묘기로 겸사겸사 메우고 다시 나는 내 반생의 진용(陣容, 집단을 이루고 있는 구성원의 짜임새) 후일에 관해 차근차근 고려하기로 한다. 이상(以上).

역대의 에피그램과 경국(傾國)의 철칙(鐵則, 어떤 규범이나 법칙)이 다 내게 있어서는 내 위선을 암장(暗葬, 암매장)하는 한 스무드(smooth)한 구실에 지나지 않는다. 실로 나는 내 낙명(落命, 목숨을 잃음)의 자리에서도 임종의 합리화를 위하여 코로(J. B. C. Corot, 프랑스 화가. 팔레트를 든 〈자화상〉이 있음)처럼 도색(挑色, 복숭아꽃빛의 연한 분홍색)의 팔레트를 볼 수도 없거니와 톨스토이처럼 탄식해주고 싶은 쥐꼬리만 한 금언(金言, 삶의 본보기가 될 만한 짤막한 어구)의 추억도 가지지 않고 그냥 난데없이 다리를 삐어 넘어지듯이 스르르 죽어가리라.

거룩하다는 칭호를 휴대하고 나를 찾아오는 '연애'라는 것을 응수하는 데 있어서도 어디서 어떤 노소 간의 의뭉스러운(겉으로는 어리석은 것처럼 보이면서 속은 엉큼한) 선인(先人)들이 발라 먹고 내어버린 그런 유훈(遺訓)을 나는 헐값에 걷어들여다가는 제련(製鍊) 재탕 다시 써먹는다.

는 줄로만 알았다가도 또 내게 혼나는 경우가 있으리라.

나는 찬밥 한 술 냉수 한 모금을 먹고도 넉넉히 일세를 위압할 만한 '고언(苦言)'을 적적할(찾아낼) 수 있는 그런 지혜의 실력을 가졌다.

그러나 자의식의 절정 위에 발돋움을 하고 올라선 단말마의 비결을 보통 야시(夜市) 국수 버섯을 팔러 오신 시골 아주머니에게 서너 푼에 그냥 넘겨주고 그만두는 그렇게까지 자신의 에티켓(étiquette)을 미화시키는 겸허의 방식도 또한 나는 무루(無漏, 번뇌에서 벗어남)히 터득하고 있는 것이다. 당목(瞠目, 놀라거나 괴이쩍게 여기어 물끄러미 쳐다봄)할지어다. 이상(以上).

나는 정희에 대한 마음을 고상함으로 감춘다

난마(亂麻, 갈피를 잡기 어렵게 뒤얽힌 일)와 같이 갈피를 잡을 수 없는 얼마간 비극적인 자기탐구.

이런 흙발 같은 남루한 주제는 문벌이 버젓한 나로서 채택할 신세가 아니거니와 나는 태서(泰西, 서양)의 에티켓으로 차 한 잔을 마실 적의 포즈에 대하여도 세심하고 세심한 용의(用意)가 필요하다.

휘파람 한 번을 분다 치더라도 내 극비리(極秘裏)에 정선(精選, 정밀하게 잘 골라 뽑음) 은닉된 절차를 온고(溫古)하여야만 한다. 그런 다음이 아니고는 나는 희망 잃은 황혼에서도 휘파람 한마디를 마음대로 불 수는 없는 것이다.

동물에 대한 고결한 지식?

사슴, 물오리, 이 밖의 어떤 종류의 동물도 내 애니멀 킹덤(animal kingdom)에서는 낙탈(落脫, 탈락)되어 있어야 한다. 나는 이 수렵용으로 귀여이 가여히(가엾이) 되어 먹어 있는 동물 외의 동물에 언제든지 무가내하(無可奈何, 막무가내)로 무지하다.

또ㅡ.

그럼 풍경에 대한 오만한 처신법?

어떤 풍경을 묻지 않고 풍경의 근원, 중심, 초점이 말하자면 나 하나 '도련님'다운 소행에 있어야 할 것을 방약무인(傍若無人, 함부로 말하고 행동하는 태도)으로 강조한다. 나는 이 맹목적 신조를 두 눈을 그대로 딱 부르감고(힘주어 감고) 믿어야 된다.

자진(自進)한 '우매(愚昧)', '몰각(歿覺)'이 참 어렵다.

보아라. 이 자득(自得)하는 우매의 절기(絕技, 매우 뛰어난 기술이나 솜씨)를! 몰각(歿覺, 인식하지 못함)의 절기를.

백구(白鷗)는 의백사(宜白沙)하니 막부춘초벽(莫赴春草碧)하라.(흰 갈매기는 백사장이 적당하니 봄풀 푸른 곳으로 가지 마라)

이태백(李太白). 이 전후만고의 으리으리한 '화족(華族, 지체가 높은 사람이나 나라에 공이 있는 집안)'. 나는 이태백을 닮기도 해야 한다. 그러기 위하여 오언절구 한 줄에서도 한 자(字) 가량의 태연자약한 실수를 범해야만 한다. 현란한 문벌이 풍기는 가히 범할 수 없는 기품과 세도(勢道)가 넉넉히 고시(古詩) 한 절쯤 서슴치 않고 생채기를 내어놓아도 다들 어수룩한 체들 하고 속느니 하는 교만한 미신이다.

곱게 빨아서 곱게 다리미질을 해놓은 한 벌 슈미즈(chemise, 여성용 속옷)에 꼬박 속는 청절(淸節)처럼 그렇게 아담하게 나는 어떠한 질차(跌蹉, 넘어짐)에서도 거뜬하게 얄미운 미소와 함께 일어나야만 하는 것이니까―.

오늘날 내 한 씨족이 분명치 못한 소녀에게 설불리 딴죽을 걸어 넘어진다기로서니 이대로 내 숙망(宿望, 오랫동안 소망을 품어 옴)의 호화유려(豪華流麗)한 종생을 한 방울 하잘것없는 오점을 내는 채 투시(投匙, 숟가락을 던짐, 죽음을 뜻함)해서야 어찌 초지(初志, 처음에 품은 뜻)의 만일에 응답할 수 있는 면목이 족히 서겠는가, 하는 허울 좋은 구실이 영일(永日, 하루해가 긴 날) 밤보다도 오히려 한 뼘 짧은 내 전정(前程, 앞길)에 대두하기 시작하는 것이었다.

완만, 착실한 서술!

나는 과히 눈에 띌 성싶지 않은 한 지점을 재재바르게(수다스러우면서도 즐겁고 유쾌하게) 붙들어서 거기서 공중(공연히) 담배를 한 갑 사 (주머니에 넣고) 피워 물고 정희의 뻔―한 걸음을 다시 뒤따랐다.

이상

나는 그저 일상의 다반사(茶飯事)를 간과하듯이 범연(凡然)하게(대게 그렇 듯이) 휘파람을 불고, 내 구두 뒤축이 아스팔트를 디디는 템포(tempo) 음향, 이런 것들의 귀찮은 조절에도 깔끔히 정신 차리면서 넉넉잡고 3분, 다시 돌친(되돌린) 걸음은 정희와 어깨를 나란히 걸을 수 있었다. 부질없는 세상에 제 심각하면, 침통하면 또 어쩌겠느냐는 듯싶은 서운한 눈의 위치를 동소문 밖 신개지 풍경 어디라고 정치 않은 한 점에 두어두었으니 보라는 듯한 부득부득 지근거리는 자세면서도 또 그렇지도 않을 성싶은 내 묘기 중에도 묘기를 더한층 허겁지겁 연마하기에 골돌하는 것이었다.

일모(日暮, 해질녘) 창산(무성한 산)─.

날은 저물었다. 아차! 저물지 않은 것으로 하는 것이 좋을까 보다.

날은 아직 저물지 않았다.

그러면 아까 장만해둔 세간 기구를 내세워 어디 차근차근 살림살이를 한번 치러볼 천우(天佑)의 호기(好機)가 배 앞으로 다다랐나 보다. 자─.

태생은 어길 수 없어 비천한 '타'를 감추지 못하는 딸─(전기(前記) 치사한 소녀 운운은 어디까지든지 이 바보 이상(李箱)의 호의에서 나온 곡해다. 모파상(Guy de Maupassant, 프랑스 소설가)의 「지방(脂肪) 덩어리」「비곗덩어리」를 생각하자. 가족은 미만 14세의 딸에게 매음시켰다. 두 번째는 미만 19세의 딸이 자진했다. 아─ 세 번째는 그 나이 스물두 살이 되던 해 봄에 얹은 낭자(딴머리의 일종)를 내리우고 게다 다홍댕기를 드려 늘어뜨려 편발(編髮, 딴머리의 일종) 처자를 위조하여서는 대거(大擧, 크게 서둘러서 일을 함)하여 강행으로 매끽(賣喫, 팔아먹음)하여 버렸다.)

비천한 뉘 집 딸이 해빙기의 시냇가에 서서 입술이 낙화지듯 좀 파래지면서 박빙 밑으로는 무엇이 저리도 움직이는가고 고개를 갸웃거리는 듯이 숙이고 있는데 봄 방향(芳香, 꽃다운 향기)을 품은 훈풍이 불어와서 스커트, 아니 너무나 슬퍼 보이는, 아니, 좀 슬퍼 보이는 홍발을 건드리면—.

좀 슬퍼 보이는 홍발을 나붓나붓 건드리면—.

여상이다. 이 개기름 도는 가소로운 무대를 앞에 두고 나는 나대로 나다웁게 가문이라는 자지레한 '투'는 어떤 일이 있더라도 잊어버리지 않고 채석장 희멀건 단층을 건너다보면서 탄식 비슷이,

"지구를 저며내는 사람들은 역시 자연파괴자리라."

는 둥,

"개아미집이야말로 과연 정연하구나."

라는 둥,

"비가 오면, 아— 천하에 비가 오면,"

"작년에 났던 초목이 올해에도 또 돋으려누. 귀불귀(歸不歸)란 무엇인가."

라는 둥—.

치레 잘 하면 제법 의젓스러워도 보일 만한 가장 한산한 과제로만 골라서 점잖게 방심해 보여놓는다.

나는 한순간의 실수로 품위의 가면이 벗겨질 뻔한다

정말일까? 거짓말일까. 정희가 불쑥 말을 한다. 한 소리가 "봄이 이렇게 왔군요." 하고 윗니는 좀 사이가 벌어져서 보기 흉한 듯하니까 살짝

가리고 곱다고 자처하는 아랫니를 보이지 않으려고 했지만 부지불식간에 그렇게 내어다보인 것을 또 어쩝니까 하는 듯싶이 가증하게 내어보이면서 또 여간해서 어림이 서지 않는 어중간한 얼굴을 그 위에 얹어 내세우는 것이었다.

좋아, 좋아, 좋아. 그만하면 잘 되었어,

나는 고개 대신에 단장을 끄덕끄덕해 보이면서 창졸간에 그만 정희 어깨 위에다 손을 얹고 말았다.

그랬더니 정희는 적이 해괴해하노라는 듯이 잠시는 묵묵하더니-.

정희도 문벌이라든가 혹은 간단히 말해 에티켓이라든가 제법 배워서 짐작하노라고 속삭이는 것이 아닌가.

꿀꺽!

넘어가는 내 지지한 종생, 이렇게도 실수가 허(許, 허락)해서야 물화적 전 생애를 탕진해가면서 사수하여 온 산호편의 본의가 대체 어디 있느냐? 내내 울화가 북받쳐 혼도(昏倒, 정신이 어지러워 쓰러짐)할 것 같다.

흥천사(興天寺) 으슥한 구석방에 내 종생의 갈력(竭力, 진력, 낼 수 있는 모든 힘)이 정희를 끌어들이기도 전에 나는 밤 쓸쓸히 거짓말깨나 해놓았나 보다.

나는 내가 그윽이 음모한 바 천고불역(千古不易, 언제까지나 바꾸어 고칠 수 없음)의 탕아(蕩兒), 이상(李箱)의 자지레한 문학의 빈민굴을 교란시키고자 하던 가지가지 진기한 연장이 어느 겨를에 뻬물르기(이가 빠지거나 무디어지기) 시작한 것을 여기서 깨단해야(깨달아야) 되나 보다. 사회는 어떠쿵, 도덕이 어떠쿵, 내면적 성찰 추구, 적발 징벌은 어떠쿵, 자의식 과잉이 어떠쿵, 제 깜냥(스스로 일을 헤아려 해내는 얼마간의 힘)에 번지레한 칠을 해 내걸은 치사스러운 간판들이 미상불 우스꽝스럽기가 그지없다.

'독화(毒花).'

족하는 이 꼭두각시 같은 어휘 한마디를 잠시 맡아가지고 계셔보구려?

예술이라는 허망한 아궁지(아궁이) 근처에서 송장 근처에서보다도 한결 더 썰썰 기고 있는 그들 해반죽룩한(얼굴이 해말쑥하고 반주그레한) 사도(死都)의 혈족들 땟국내 나는 틈에 가 끼어서, 나는 —.

내 계집의 치마 단속곳을 갈가리 찢어놓았고, 버선 켤레를 걸레를 만들어놓았고, 검던 머리에 곱던 양자(樣姿, 겉으로 나타난 모양이나 모습), 영악한 곰의 발자국이 질컥 디디고 지나간 것처럼 얼굴을 망가뜨려 놓았고, 지기(知己) 친척의 돈을 뭉청 떼어먹었고, 좌수터(목 좋은 자리) 유래 깊은 상호를 쑥밭을 만들어놓았고, 겁쟁이 취리자(取利者, 돈이나 곡식을 빌려주고 변리를 얻어먹는 사람)는 고랑떼(골탕)를 먹여놓았고, 대금업자의 수금인을 졸도시켰고, 사장과 취체역(取締役, 주식회사의 이사)과 사돈과 아범과 아비와 처남과 처제와 또 아비와 아비의 딸과 딸이 허다중생(許多衆生)으로 하여금 서로서로 이간을 붙이고 붙이게 하고 얼버무려서 싸움질을 하게 해놓았고, 사글세방 새 다다미에 잉크와 요강과 팥죽을 엎질렀고, 누구누구를 임포텐스(impotence, 남성의 발기부전, 성적 무능력)를 만들어놓았고 —.

'독화'라는 말의 콕 찌르는 맛을 그만하면 어렴풋이나마 어떻게 짐작이 서는가 싶소이까.

잘못 빚은 증편(떡의 한 가지) 같은 시 몇 줄, 소설 서너 편을 꿰어차고 조촐하게 등장하는 것을 아 무엇인 줄 알고 깜빡 속고 섣불리 손뼉을 한

두 번 쳤다는 죄로 제 계집 간음당한 것보다도 더 큰 망신을 일신에 짊어지고 그리고는 앙탈 비슷이 시치미를 떼지 않으면 안 되는 어디까지든지 치사스러운 예의절차-마귀(터주가)의 소행(덧났다)이라고 돌려버리자?

'독화'

물론 나는 내일 새벽에 내 길들은 노상에서 무려 내게 필적하는 한 숨은 탕아를 해후하는지도 마치 모르나, 나는 신바람이 난 무당처럼 어깨를 치켰다 젖혔다 하면서라도 풍마우세(風磨雨洗, 바람에 갈리고 비에 씻김)의 고행을 얼른 그렇게 쉽사리 그만두지는 않는다.

아- 어쩐지 전신이 몹시 가렵다. 나는 무연(無緣)한 중생의 뭇 원한 탓으로 악역의 범함을 입나 보다. 나는 은근히 속으로 앓으면서 토일렛(toilet, 화장실) 정한(깨끗한) 대야에다 양손을 정하게 씻은 다음 내 자리로 돌아와 앉아 차근차근 나 자신을 반성 회오(悔悟, 잘못을 뉘우치고 깨달음) - 쉬운 말로 자지레한 셈을 좀 놓아보아야겠다.

정희는 이미 내 거짓된 겉모습을 알고 있다

에티켓? 문벌? 양식? 번신술(翻身術)?

그렇다고 내가 찔끔 정희 어깨 위에 얹었던 손을 뚝 떼인다든지 했다가는 큰 망발이다. 일을 잡치리라. 어디까지든지 내 뺨의 홍조만을 조심하면서 좋아, 좋아, 좋아, 그래만 주면 된다. 그리고 나서 피차 다 알아들었다는 듯이 어깨에 손을 얹은 채 어깨를 나란히 흥천사 경내로 들어갔다. 가서 길을 별안간 잃어버린 것처럼 자분참(자분자분하게) 산 위로 올라가버린다. 산 위에서 이번에는 정말 포즈를 할 일 없이 무너뜨렸다는 것처럼 정교하게 머뭇머뭇해준다. 그러나 기실 말짱하다.

풍경(風磬) 소리가 똑 알맞다. 이런 경우에는 제법 번듯한 식자(識字)가 있는 사람이면―.

아― 나는 왜 늘 항례(恒例, 보통 있는 일)에서 비켜 서려 드는 것일까? 잊었느냐? 비싼 월사(月謝, 월사금)를 바치고 얻은 고매한 학문과 예절을,

현역 육군 중좌에게서 받은 추상열일(秋霜烈日, 가을의 찬 서리와 여름의 뜨거운 태양이라는 뜻으로, 형벌이 엄하고 권위가 있음)의 훈육을 왜 나는 이 경우에 버젓하게 내세우지를 못하느냐?

창연한 고찰 유루(遺漏, 빠져 나가거나 새어 나감) 없는 장치에서 나는 정신 차려야 한다. 나는 내 쟁쟁한 이력을 솔직하게 써먹어야 한다. 나는 고개를 숙이고 담배를 한 대 피워 물고 도장(屠場, 도살장)에 들어가는 소, 죽기보다 싫은 서투르고 근질근질한 포즈, 체모독주(體貌獨奏, 스스로 모양새를 잘 갖춤)에 어지간히 성공해야만 한다.

그랬더니 그만두라고 한다. 당신의 그 어림없는 몸치렐랑 그만두세요. 저는 어지간히 식상이 되었습니다 한다.

그렇다면?

내 꾸준한 노력도 일조일석(一朝一夕)에 수포로 돌아가는 것이 아닌가.

대체 정희라는 가련한 '석녀(石女, 성욕이나 성적 흥분을 느끼지 못하는 여자)'가 제 어떤 재간으로 그런 음흉한 내 간계를 요만큼까지 간파했다는 것이다.

일시에 기진(氣盡)한다. 맥은 탁 풀리고는 앞이 팽 돌다 아찔한 것이 이러다가 까무러치려나 보다고 극력(極力) 단장을 의지하여 버텨보노라니까 희(噫)라(오호라)! 내 기사회생의 종생도 이번만은 회춘(回春)하기 장히 어려울 듯싶다.

이상(李箱)! 당신은 세상을 경영할 줄 모르는 말하자면 병신이오. 그다지도 '미혹(迷惑)'하단 말씀이오? 건너다보니 절터지요? 그렇다 하더라도 『카라마조프의 형제』(도스토예프스키의 장편소설)나 『사십 년』(고리키의 장편소설)을 좀 구경삼아 들러보시지요.

아니지! 정희! 그게 뭐냐 하면 나도 살고 있어야 하겠으니 너도 살자는 사기, 속임수, 일부러 만들어 내어놓은 미신 중에도 가장 우수한 무서운 주문이오.

이상(李箱)! 그러지 말고 시험 삼아 한 발만 한 발자국만 저 개흙밭에다 들여놓아 보시지요.

이 악보 같이 스무드한 담소 속에서 비칠비칠하노라면 나는 내게 필적하는 천의무봉(天衣無縫, 꾸민 데 없이 자연스럽고 아름다움)의 탕아가 이 목첩(目睫, 아주 가까운 때나 장소) 간에 있는 것을 느낀다. 누구나 제 내어놓았던 협수룩한 포즈를 걷어치우느라고 허겁지겁들 할 것이다. 나도 그때 내 슬하에 이렇게 유산되는 자손을 느끼면서 만재(萬載, 만 년, 긴 세월)에 드리우는 이 극흉극비(極凶極秘) 종가의 부작(부적)을 앞에 놓고서 적이 불안하게 또 한편으로는 적이 안일하게 운명하는 마지막 낙백(落魄, 넋을 잃음)의 이 내 종생을 애오라지 방불(髣髴, 비슷비슷)히 하는 것이었다.

나는 내 분묘될 만한 조촐한 터전을 찾는 듯한 그런 서글픈 마음으로 정희를 재촉하여 그 언덕을 내려왔다. 등 뒤에 들리는 풍경 소리는 진실로 내 심통을 돋우는 듯하다고 사자(寫字, 옮겨 적음)하면 정경을 한층 더 반듯하게 매만져놓는 한 도움이 되리라. 그럼 진실로 풍경 소리는 내 등 뒤에서 내 마지막 심통함을 한층 더 들볶아놓는 듯하더라.

미문보다는 경치를 풍광한다

미문에 견줄 만큼 위태위태한 것이 절승(絶勝, 경치가 빼어나게 좋음)에 혹사(酷似)한(닮은) 풍경이다. 절승에 혹사한 풍경을 미문으로 번안모사(飜案模寫, 원작의 내용은 그대로 두고 인명, 지명 등을 고쳐 씀)해놓았다면 자칫 실족 익사하기 쉬운 웅덩이나 다름없는 것이니 첨위(僉位, 제위, 여러분)는 아예 가까이 다가서서는 안 된다. 도스토옙스키나 고리키는 미문을 쓰는 버릇이 없는 체했고 또 황량, 아담한 경치를 '취급'하지 않았으되, 이 의뭉스러운 어른들은 오직 미문은 쓸 듯 쓸 듯, 절승경개(絶勝景槪, 빼어나게 좋은 경치)는 나올 듯 나올 듯, 해만 보이고 끝끝내 아주 활짝 꼬랑지를 내보이지는 않고 그만둔 구렁이 같은 분들이기 때문에 그 기만술(欺瞞術)은 한층 더 진보된 것이며, 그런 만큼 효과가 또 절대하여 천 년을 두고 만 년을 두고 내리내리 부질없는 위무(慰撫, 위로하고 어루만져 달램)를 바라는 중속들을 잘 속일 수 있는 것이다. 그러나—.

왜 나는 미끈하게 솟아 있는 근대건축의 위용을 보면서 먼저 철근 철골, 시멘트와 세사(細砂, 고운 모래), 이것부터 선뜩하니 감응하느냐는 말이다. 씻어버릴 수 없는 숙명의 호곡(號哭), 몽골리언 플렉(Mongolian fleck, 몽고

반점), 오뚝이처럼 쓰러져도 일어나고 쓰러져도 일어나고 하니 쓰러지나 섰으나 마찬가지 의지할 얄판한(얄팍한) 벽 한 조각 없는 고독, 고고(枯槁, 신세 따위가 형편없게 됨), 독개(獨介, 혼자 끼어 있음), 초초(楚楚, 몹시 고통스러움).

나는 오늘 대오(大悟, 크게 깨달음)한 바 있어 미문을 피하고 절승의 풍광을 격(隔)하여 소조(蕭條)하게(고요하고 쓸쓸하게) 왕생하는 것이며 숙명의 슬픈 투시벽(透視癖)은 깨끗이 벗어놓고 온아종용(溫雅慫慂, 온화하고 차분함), 외로우나마 따뜻한 그늘 아래서 실명(失命)하는 것이다.

의료(意料, 뜻을 헤아림)하지 못한 이 훌훌한(소홀한) '종생' 나는 요절(夭折)인가 보다. 아니 중세최절(中世摧折, 살아가는 도중에 억눌리어 좌절함)인가 보다. 이길 수 없는 육박(肉迫, 바싹 가까이 다가감), 눈먼 떼까마귀의 매리(罵詈, 욕하고 꾸짖음) 속에서 탕아 중에도 탕아, 술객(術客, 음양, 점술 등에 정통한 사람) 중에도 술객, 이 난공불락의 관문의 괴멸, 구세주의 최후연히(최후에) 방방곡곡이 여독(餘毒)은 삼투(滲透)하는 장식 중에도 허식의 표백(表白, 생각이나 태도 따위를 드러내어 밝힘)이다. 출색(出色, 본색이 드러남)의 표백이다.

내부(乃夫, 그이의 남편)가 있는 불의. 내부가 없는 불의. 불의는 즐겁다. 불의의 주가낙락(酒價落落, 술값 같은 것에 얽매이지 않고 대범하다)한 풍미를 족하는 아시나이까. 윗니는 좀 잇새가 벌고(벌어지고) 아랫니만이 고운 이 한경(漢鏡, 중국 한나라 때의 동경)같이 결함의 미를 갖춘 깜쪽스럽게 시치미를 뗄 줄 아는 얼굴을 보라. 7세까지 옥잠화(玉簪花) 속에 감춰두었던 장분(粉)만을 바르고 그 후 분을 바른 일도 세수를 한 일도 없는 것이 유일의 자랑거리. 정희는 사팔뜨기다. 이것은 무엇으로도 대항하기 어렵다. 정희는 근시(近視) 6도다. 이것은 무엇으로도 대항할 수 없는 선천적 훈장이다. 좌난시(左亂視) 우색맹(右色盲), 아― 이는 실로 완벽이 아니면 무엇이랴.

나는 정희에게 속았다

속은 후에 또 속았다. 또 속은 후에 또 속았다. 미만 14세에 정희를 그 가족이 강행으로 매춘시켰다. 나는 그런 줄만 알았다. 한 방울 눈물―.

그러나 가족이 강행하였을 때쯤은 정희는 이미 자진하여 매춘한 후 오래오래 후다. 다홍댕기가 늘 정희 등에서 나부꼈다. 가족들은 불의에 올 재앙을 막아줄 단 하나 값나가는 다홍댕기를 기탄없이 믿었건만―.

그러나―.

불의는 귀인(貴人)답고 참 즐겁다. 간음한 처녀―이는 불의 중에도 가장 즐겁지 않을 수 없는 영원의 밀림이다.

그럼 정희는 게서 멈추나?

나는 자기소개를 한다. 나는 정희에게 분수(分手, 서로 작별함)를 지기 싫기 때문에 잔인한 자기소개를 하는 것이다.

나는 벼[稻]를 본 일이 없다. 자전거를 탈 줄 모른다. 생년월일을 가끔 잊어버린다. 90 노조모가 이팔소부(二八少婦, 나이 열여섯의 어린 며느리)로 어느 하늘에서 시집온 10대조의 고성(古城)을 내 손으로 헐었고, 녹엽(綠葉 천 년의 호두나무 아름드리 근간(根幹)을 내 손으로 베었다. 은행나무는 원통한 가문을 골수에 지니고 찍혀 넘어간 뒤 장장 4년 해마다 봄만 되면 독시(毒矢, 독화살) 같은 싹이 엄(움) 돋는 것이었다.

나는 그러나 이 모든 것에 견뎠다. 한 번 석류나무를 휘어잡고 나는 폐허를 나섰다.

조숙(早熟) 난숙(爛熟) 감[柿] 썩는 골머리 때리는 내. 생사의 기로에서 완이이소(莞爾而笑, 빙그레 웃음), 표한무쌍(剽悍無雙, 억세고 사나움)의 척구(瘠軀, 척신, 바싹 마른 몸) 음지에 창백한 꽃이 피었다.

나는 미만 14세 적에 수채화를 그렸다. 수채화의 파과(破瓜, 파과지년(破瓜之年), 여자의 16세 또는 남자의 64세). 보아라 목저(木箸, 나무젓가락)같이 야윈 팔목에서는 삼동(三冬)에도 김이 무럭무럭 난다. 김 나는 팔목과 잔털 나스르르한 매춘하면서 자라나는 회충같이 매혹적인 살결. 사팔뜨기와 내 흰자위 없는 짝짝이 눈. 옥잠화 속에서 나오는 기술(奇術, 기이한 기술) 같은 석일(昔日, 옛적)의 화장과 화장전폐(化粧全廢, 화장을 전혀 안 함), 이에 대항하는 내 자전거 탈 줄 모르는 아슬아슬한 천품. 다홍댕기에 불의와 불의를 방임하는 속수무책의 내 나태.

심판이여! 정희에 비교하여 내게 부족함이 너무나 많지 않소이까?

비등(비슷함) 비등? 나는 최후까지 싸워보리라.

흥천사 으슥한 구석 방 한 간, 방석 두 개, 화로 한 개. 밥상 술상—.

접전(接戰) 수십합(數十合). 좌충우돌. 정희의 허전한 관문을 나는 노사(老死, 늙어 죽다)의 힘으로 들이친다. 그러나 돌아오는 반발의 흉기는 갈 때보다도 몇 배나 더 큰 힘으로 나 자신의 손을 시켜 나 자신을 살상한다.

지느냐. 나는 그럼 지고 그만두느냐.

나는 내 마지막 무장을 이 전장에 내어세우기로 하였다. 그것은 즉 주란(酒亂, 심한 술주정)이다.

한 몸을 건사하기조차 어려웠다. 나는 게울 것만 같았다. 나는 게웠다. 정희 스커트에다. 정희 스타킹에다.

그리고도 오히려 나는 부족했다. 나는 일어나 춤추었다. 그리고 그 방 뒤 쌍창 미닫이를 열어젖히고 나는 예서 떨어져 죽는다고 마지막 한 벌 힘만을 아껴 남기고는 나머지 있는 힘을 다하여 난간을 잡아 흔들었다. 정희는 나를 붙들고 말린다. 말리는데 안 말리는 것도 같았다. 나는 정희 스커트를 잡아 젖혔다. 무엇인가 철썩 떨어졌다. 편지다. 내가 집었다. 정희는 모른 체한다.

속달(S와도 절연한 지 벌써 다섯 달이나 된다는 것은 선생님께서도 믿어주시는 바지요? 하던 S에게서다).

정희! 노하였소. 어젯밤 태서관(泰西館) 별장의 일! 그것은 결코 내 본의는 아니었소. 나는 그 요구를 하러 정희를 그곳까지 데리고 갔던 것은 아니오. 내 불민(不憫)을 용서하여 주기 바라오. 그러나 정희가 뜻밖에도 그렇게까지 다소곳한 태도를 보여주었다는 것으로 적이 자위(自慰)를 삼겠소.

정희를 하루라도 바삐 나 혼자만의 것을 만들어달라는 정희의 열렬한 말을 물론 나는 잊어버리지는 않겠소. 그러나 지금 형편으로는 '안해'라는 저 추물을 처치하기가 정희가 생각하는 바와 같이 그렇게 쉬운 일은 아니오.

오늘[三月三日] 오후 여덟시 정각에 금화장(金華莊) 주택지 그때 그 자리에서 기다리고 있겠소. 어제 일을 사과도 하고 싶고 달이 밝을 듯하니 송림(松林)을 거닙시다. 거닐면서 우리 두 사람만의 생활에 대한 설계도 의논하여 봅시다.

3월 3일 아침 S

내게 속달을 띄우고 나서 곧 뒤이어 받은 속달이다.

모든 것은 끝났다. 어젯밤의 정희는—.

그 낯으로 오늘 정희는 내게 이상 선생님께 드리는 속달을 띄우고 그 낯으로 또 나를 만났다. 공포에 가까운 번신술이다. 이 황홀한 전율을 즐기기 위하여 정희는 무고(無辜)의 이상을 징발했다. 나는 속고 또 속고 또 또 속고 또 또 또 속았다.

나의 생은 끝이 났으나 종생기는 끝나지 않는다

나는 물론 그 자리에 혼도(昏倒)하여 버렸다. 나는 죽었다. 나는 황천을 헤매었다. 명부(冥府, 사람이 죽은 뒤에 심판을 받는 곳)에는 달이 밝다. 나는 또다시 눈을 감았다. 태허(太虛, 하늘)에 소리 있어 가로되 너는 몇 살이뇨? 만 25세와 11월이올시다. 요사(夭死, 요절)로구나. 아니올시다. 노사(老死)올시다.

눈을 다시 떴을 때에 거기 정희는 없다. 물론 여덟 시가 지난 뒤였다. 정희는 그리 갔다. 이리하여 나의 종생은 끝났으되 나의 종생기는 끝나지 않는다. 왜?

정희는 지금도 어느 빌딩 걸상 위에서 드로어즈(drawers, 팬츠 속옷)의 끈을 푸르는 중이요, 지금도 어느 태시관 별장 방석을 베고 드로어즈의 끈을 푸르는 중이요, 지금도 어느 송림 속 잔디 벗어놓은 외투 위에서 드로어즈의 끈을 성(盛)히 푸르는 중이니까다.

이것은 물론 내가 가만히 있을 수 없는 재앙이다.

나는 이를 간다.

나는 걸핏하면 까무러친다.

나는 부글부글 끓는다.

그러나 지금 나는 이 철천(徹天, 하늘에 사무침)의 원한에서 슬그머니 좀 비켜서고 싶다. 내 마음의 따뜻한 평화 따위가 다 그리워졌다.

즉 나는 시체다. 시체는 생존하여 계신 만물의 영장을 향하여 질투할 자격도 능력도 없는 것이리라는 것을 나는 깨닫는다.

정희. 간혹 정희의 후틋한(약간 후터분한 기운이 있는) 호흡이 내 묘비에 와 슬쩍 부딪는 수가 있다. 그런 때 내 시체는 홍당무처럼 화끈 달으면서 구천을 꿰뚫어 슬피 호곡한다.

그동안에 정희는 여러 번 제(내 때꼽째기(때꼽재기, 더럽게 엉기어 붙은 때)도 묻은) 이부자리를 찬란한 일광(日光) 아래 널어 말렸을 것이다. 누루(累累, 말 따위를 여러 번 반복함)한 이 내 혼수(昏睡) 덕으로 부디 이 내 시체에서도 생전의 슬픈 기억이 창궁(蒼穹) 높이 훨훨 날아가나 버렸으면─.

나는 지금 이런 불쌍한 생각도 한다. 그럼─.

─만 26세와 3개월을 맞이하는 이상 선생님이여! 허수아비여!

자네는 노옹일세. 무릎이 귀를 넘는 해골일세. 아니, 아니.

자네는 자네의 먼 조상일세. 이상(以上)

11월 20일 동경서

이야기 따라잡기

 나는 천하 눈 있는 선비들의 간담을 서늘하게 해놓기를 바라는 일념으로 멋진 종생기(終生記)를 쓰기 위해 노력한다. 하지만 유서는 어느 천재가 쓴 유서의 아류처럼 보인다.
 열세 벌의 유서가 거의 완성되어 가는 어느 날 종생기의 주인공인 정희(貞姬)에게서 속달이 온다. 3월 3일 오후 2시 동소문(東小門) 버스정류장에서 만나자는 것이다. 그날 나는 점잖게 30분쯤 지각해서 동소문 지정받은 자리에 도착한다.
 나는 정희에게 기절참절한 경구를 생각해내 인사하지만 냉랭한 반응에 상심한다. 그러나 나는 그 마음을 고상함으로 감춘다. 서툴고 근질근질한 포즈로 정희에게 다가가지만 정희는 그만두라며, 식상하다고 말한다. 나는 맥이 풀리고 아찔한 것이 까무러칠 것만 같다.
 정희는 나에게 가족들이 강행해서 매춘한 것이라고 했지만 사실 자진해서 매춘을 한 것이다. 나는 정희의 그러한 행동에 화가 나 심한 술주정을 하기로 한다. 몸을 건사하기도 어려울 정도로 술을 마신 뒤 나는 정희의 스커트와 스타킹에 게워버린다. 그러다 정희에게서 S와 만나기로 한 약속이 적힌 편지를 발견하고 기절한다.

눈을 다시 떴을 때 정희는 없다. 정희는 S에게로 갔는가? 이리하여 나의 종생은 끝났으되 나의 종생기는 끝나지 않았다. 정희는 지금도 어디에선가 부정한 짓을 저지르고 있을 것이기 때문이다. 만 26세와 3개월을 맞이하는 이상, 노옹이며 이미 무릎이 귀를 넘는 해골이다, 아니 먼 조상이다. 이상(以上).

쉽게 읽고 이해하기

고백소설

「종생기」는 이상이 동경에 도착하여 환경에 조금 익숙해질 무렵 「권태」, 「실화」와 더불어 썼던 작품이다. 제목에서도 이미 알 수 있듯이 생을 마감하는 기록으로서의 이 작품은 이상 스스로가 자신의 문학의 유서라고 공공연히 표명하였다. 과거를 갖고 있으면서도 다른 남자와 관계를 맺는 정희를 사랑하는 '나'는 이상의 어두운 개인사적 면모를 드러낸다.

가족이 강행하여 매춘을 시킨 줄 알았으나, 정희가 이미 자진하여 매춘한 지 오랜 후라는 사실을 알고, 자신이 희롱당한 것에 대해 분을 참지 못하고 정희에게 보복을 하거나 악담을 퍼붓는 등 작가는 자신의 치부를 그대로 소설 속에 드러낸다.

뿐만 아니라 자신의 죽음 앞에서도 매우 냉정하다. 만 26세와 3개월이라는, 한 사람의 생애에 있어서는 짧은 시간임에도 불구하고 스스로를 허수아비, 노옹이라고 표현하거나 무릎이 귀를 넘는 해골, 또는 먼 조상이라고 표현하는 등 자신에 대해 자학적이며 냉소적인 태도를 취하고 있다.

「날개」에서의 아내가 이상의 작품 중에서 안정감과 균형감을 느끼게 하고 있다면 반면 「종생기」에서의 정희는 균형감 없고 그로테스크하며 퇴폐적인 양상을 보인다는 지적이 있다. 즉 「날개」에서 나는 아내의 정조에 대해 잘 알지 못한다. 심지어 「봉별기」에서는 금홍이의 매춘을 도와주기까지 한다. 그러나 생의 마감을 눈앞에 둔 「종생기」에서는 정희의 정조에 대해 배신감을 느낀다.

거짓말

"나는 내 종생기의 서장을 꾸밀 그 소문 높은 산호편을 더 여실히 하기 위하여 위와 같은 실로 나로서는 너무나 과람이 치사스럽고 어마어마한 세간살이를 장만한 것이다"라는 표현에서 알 수 있듯이 치사한 소녀 정희를 이용해 종생기의 서장을 쓰겠다고 하고 있다. 그러나 서사를 이끌어가는 중심에는 '거짓말'이 있다. 정희는 자신의 정조를 두고 나에게 거짓말을 하고, 유언까지도 거짓말을 해줄 작정이라고 선언한 나 역시 정희와의 사건에 금칠을 함으로써 독자에게 거짓말을 한다.

눈을 떴을 때 거기 없는 정희는 아마도 어느 빌딩 걸상 위에서 드로어즈의 끈을 풀거나, 태서관 별장 방석을 베고 누워서 드로어즈의 끈을 풀고 있거나, 소나무 숲 속 잔디에 벗어놓은 외투 위에서 끈을 풀고 있을 거라는 상상은 정희의 지조가 이미 거짓된 것임을 알고 있음을 의미한다. 그리하여 나의 종생은 끝났으되 나의 종생기는 끝나지 않는다고 말한다. 왜냐하면 삶이 끝나더라도 정희는 계속 거짓말을 통해 자신의 정조를 팔고 있을 것이기 때문이다.

「실화」에서 "사람이 비밀이 없다는 것은 재산 없는 것처럼 가난하고 허전한 일"이라고 말하고, "천하에 형안이 없지 않으니까 너무 금칠을 아니했다가는 서툴리 들킬 염려가 있다"고 「종생기」에서 말하듯 이러한 거짓말과 비밀은 무엇을 감추고자 하는 것보다는 이미 악하고 거짓으로 가득 찬 세계와 화해할 수 없기에 이 세계에 맞서 대응하기 위한 하나의 방법이라 할 수 있을 것이다. 이러한 거짓말은 바로 스스로가 거부하려 했던 도덕적 윤리에 얽매여 충격받고 괴로워하는 자신을 위해 견뎌내기 위한 하나의 방법인 것이다.

세상에서 가장 아름답고 소중한 것은 보이거나 만져지지 않는다.
단지 가슴으로 느낄 뿐이다.
— 헬렌 켈러(미국의 교육인, 1880~1968)

「실화」(『문장』, 1939. 3)는 현실에서의 상황(현재)과 의식 속에서의 상황(과거)을 병렬적으로 구성해, 그 경계를 모호하게 그린 단편소설로 사랑하는 사람에 대한 좌절감을 표현하고 있다.

실화

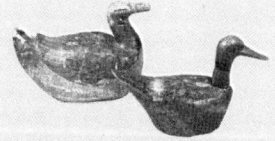

사람이
비밀이 없다는 것은 재산 없는 것처럼 가난하고 허전한 일이다.

등장인물

나 '이상'을 허구화한 인물. 사랑하는 여인인 연이의 과거를 알고 괴로워한다. 죽기를 결심했지만 죽지 못하고 동경으로 간다. 동경에서 영어를 가르치면서도 떠오르는 연이 생각에 괴로운 생활을 이어간다.

연이 전날 밤에는 나와 사랑을 약속하고 그 다음날은 S와 관계를 갖고 그 다음날은 나와 키스를 하는 여인. 나의 의식 속에서 나를 괴롭게 한다.

C양 나가 동경에서 영어를 가르치고 있는 여자. 나에게 연이를 떠올리게 한다.

S 나의 친구. 내가 사랑하고 있는 여인 연이와 여러 차례 관계를 갖는다.

실화(失花)

1

프롤로그

사람이
비밀이 없다는 것은 재산 없는 것처럼 가난하고 허전한 일이다.

2

나는 C양에게 영어를 가르친다

꿈―꿈이면 좋겠다. 그러나 나는 자는 것이 아니다. 누운 것도 아니다.
앉아서 나는 듣는다. (12월 23일)
"언더 더 워치(under the watch)―시계 아래서 말이에요, 파이브 타운스(five towns)―다섯 개의 동리란 말이지요. 이 청년은 요 세상에서 담배를 제일 좋아합니다―기―다랗게 꾸부러진 파이프(pipe)에다가 향기가 아주 높은 담배를 피워 뺙 – 뺙 – 연기를 풍기고 앉았는 것이 무엇보다도 낙이었답니다."

 (내야말로 동경 와서 쓸데없이 담배만 늘었지. 울화가 푹 – 치밀을 때 저 – 폐까지 쭉 – 연기나 들이켜지 않고 이 발광할 것 같은 심정을 억제하는 도리가 없다.)

 "연애를 했어요! 고상한 취미 – 우아한 성격 – 이런 것이 좋았다는 여자의 유서예요 – 죽기는 왜 죽어 – 선생님 – 저 같으면 죽지 않겠습니다. 죽도록 사랑할 수 있나요 – 있다지요. 그렇지만 저는 모르겠어요."

 (나는 일찍이 어리석었더니라. 모르고 연(姸)이와 죽기를 약속했더니라. 죽도록 사랑했건만 면회가 끝난 뒤 대략 20분이나 30분만 지나면 연이는 내가 '설마' 하고만 여기던 S의 품안에 있었다.)

 "그렇지만 선생님 – 그 남자의 성격이 참 좋아요. 담배도 좋고 목소리도 좋고 – 이 소설을 읽으면 그 남자의 음성이 꼭 – 웅얼웅얼 들려오는 것 같아요. 이 남자가 같이 죽자면 그때 당해서는 또 모르겠지만 지금 생각 같아서는 저도 죽을 수 있을 것 같아요. 선생님 사람이 정말 죽을 수 있도록 사랑할 수 있나요? 있다면 저도 그런 연애 한번 해보고 싶어요."

 (그러나 철부지 C양이여. 연이는 약속한 지 두 주일 되는 날 죽지 말고 우리 살자고 그럽디다. 속았다. 속기 시작한 것은 그때부터다. 나는 어리석게도 살 수 있을 것을 믿었지. 그뿐인가. 연이는 나를 사랑하노라고까지.)

 "공과(功課, 교육의 과정)는 여기까지밖에 안 했어요 – 청년이 마지막에는 – 멀 – 리 여행을 간다나봐요. 모든 것을 잊어버리려고."

(여기는 동경이다. 나는 어쩔 작정으로 여기 왔나? 적빈(赤貧)이 여세(如洗, 깨끗하리만큼 가난함)—콕토(Jean Cocteau, 프랑스 시인)가 그랬느니라—재주 없는 예술가야 부질없이 네 빈곤을 내세우지 말라고. 아—내게 빈곤을 팔아먹는 재주 외에 무슨 기능이 남아 있누. 여기는 간다쿠 진보초[神田區 神保町, 동경의 행정구역], 내가 어려서 제전(帝展, 일본에서 행해지던 제국미술전람회의 약자) 이과(二科, 제전에서 자유롭고 진취적인 경향의 화풍)에 하가키(엽서) 주문하던 바로 게가 예다. 나는 여기서 지금 앓는다.)

"선생님! 이 여자를 좋아하십니까—좋아하시지요—좋아요—아름다운 죽음이라고 생각해요—그렇게까지 사랑을 받은—남자는 행복되지요—네—선생님—선생님 선생님."

(선생님 이상(李箱) 턱에 입 언저리에 아—수염이 숱하게도 났다. 좋게도 자랐다.)

"선생님—뭘—그렇게 생각하십니까—네—담배가 다 탔는데—아이—파이프에 불이 붙으면 어떻게 합니까—눈을 좀—뜨세요. 이야기는 끝났습니다. 네—무슨 생각 그렇게 하셨나요."

(아—참 고운 목소리도 다 있지. 10리나 먼—밖에서 들려오는—값비싼 시계 소리처럼 부드럽고 정확하게 윤택이 있고—피아니시모(pianissimo, '매우 약하게'라는 뜻의 음악용어)—꿈인가. 한 시간 동안이나 나는 스토리(story)보다는 목소리를 들었다. 한 시간—한 시간같이 길었지만 10분—나는 졸았나? 아니 나는 스토리를 다 외운다. 나는 자지 않았다. 그 흐르는 듯한 연연한 목소리가 내 감관(感官)을 얼싸안고 목소리가 잤다.)

꿈—꿈이면 좋겠다. 그러나 나는 잔 것도 아니요 또 누웠던 것도 아니다.

3
나는 연이의 외도를 알아내기 위해 연이를 고문한다

파이프에 불이 붙으면?

끄면 그만이지. 그러나 S는 껄껄−아니 빙그레 웃으면서 나를 타이른다.

"상(箱)! 연이와 헤어지게. 헤어지는 게 좋을 것 같으니. 상이 연이와 부부? 라는 것이 내 눈에는 똑 부러 그러는 것 같아서 못 보겠네."

"거 어째서 그렇다는 건가."

이 S는, 아니 연이는 일찍이 S의 것이었다. 오늘 나는 S와 더불어 담배를 피우면서 마주 앉아 담소할 수 있었다. 그러면 S와 나 두 사람은 친우였던가.

"상! 자네 'EPIGRAM(경구, 이상의 수필이기도 함)'이라는 글 내 읽었지. 한 번−허허− 한 번. 상! 상의 서푼짜리 우월감이 내게는 우숴 죽겠다는 걸세. 한 번? 한 번−허허− 한 번."

"그러면 (나는 실신할 만치 놀란다.) 한 번 이상(以上)−몇 번. S! 몇 번인가."

"그저 한 번 이상(以上)이라고만 알아 두게나그려."

꿈−꿈이면 좋겠다. 그러나 10월 23일부터 10월 24일까지 나는 자지 않았다. 꿈은 없다.

(천사는−어디를 가도 천사는 없다. 천사들은 다 결혼해버렸기 때문이다.)

23일 밤 열 시부터 나는 가지가지 재주를 다 피워가면서 연이를 고문

했다.

 24일 동이 훤-하게 터올 때쯤에야 연이는 겨우 입을 열었다. 아! 장구한 시간!

 "첫 번-말해라."

 "인천 어느 여관."

 "그건 안다. 둘째 번-말해라."

 "……."

 "말해라."

 "N빌딩 S의 사무실."

 "셋째 번-말해라."

 "……."

 "말해라."

 "동소문 밖 음벽정(飮碧亭)."

 "넷째 번-말해라."

 "……."

 "말해라."

 "……."

 "말해라."

 머리맡 책상 서랍 속에는 서슬이 퍼런 내 면도칼이 있다. 경동맥을 따면-요물은 선혈이 댓줄기 뻗치듯 하면서 급사하리라. 그러나-.

 나는 일찌감치 면도를 하고 손톱을 깎고 옷을 갈아입고 그리고 예년 10월 24일경에는 사체가 며칠 만이면 썩기 시작하는지 곰곰 생각하면서 모자를 쓰고 인사하듯 다시 벗어 들고 그리고 방-연이와 반년 침식을 같이 하던 냄새나는 방을 휘-둘러 살피자니까 하나 사다놓네 놓네 하고 기어이 뜻을 이루지 못한 금붕어도-이 방에는 가을이 이렇게 짙었건만 국화 한 송이 장식이 없다.

4
나는 C양을 보며 연이를 생각한다

그러나 C양의 방에는 지금-고향에서는 스케이트를 지친다는데-국화 두 송이가 참 싱싱하다.

이 방에는 C군과 C양이 산다. 나는 C양더러 '부인'이라고 그랬더니 C양은 성을 냈다. 그러나 C군에게 물어보면 C양은 '아내'란다. 나는 이 두 사람 중의 누구라고 정하지 않고 내 동경생활이 하도 적막해서 지금 이 방에 놀러왔다.

언더 더 워치-시계 아래서의 렉처(lecture, 강의)는 끝났는데 C군은 조선 곰방대를 피우고 나는 눈을 뜨지 않는다. C양의 목소리는 꿈같다. 인토네이션(intonation, 억양)이 없다. 흐르는 것같이 끊임없으면서 아주 조용하다.

나는 그만 가야겠다.

"선생님(이것은 실로 이상 옹을 지적하는 참담한 인칭대명사다.) 왜 그러세요-이 방이 기분이 나쁘세요?(기분? 기분이란 말은 필시 조선말은 아니리라.) 더 놀다 가세요-아직 주무실 시간도 멀었는데 가서 뭐 하세요? 네? 얘-기나 하세요."

나는 잠시 그 계간유수(溪間流水) 같은 목소리의 주인 C양의 얼굴을 들여다본다. C군이 범과 같이 건강하니까 C양은 혈색이 없이 입술조차 파르스레하다. 이 오사게(땋아 늘인 갈래머리)라는 머리를 한 소녀는 내일 학교에 간다. 가서 언더 더 워치의 계속을 배운다.

사람이-

비밀이 없다는 것은 재산 없는 것처럼 가난하고 허전한 일이다.

강사는 C양의 입술이 C양이 좀 횟배를 앓는다는 이유 외에 또 무슨 이유로 조렇게 파르스레한가를 아마 모르리라.

강사는 맹랑한 질문 때문에 잠깐 얼굴을 붉혔다가 다시 제 지위의 현격히 높은 것을 느끼고 그리고 외쳤다.

"쪼꾸만 것들이 무얼 안다고-."

그러나 연이는 히힝 하고 코웃음을 쳤다. 모르기는 왜 몰라-연이는 지금 방년이 20, 16살 때 즉 연이가 여고 때 수신과 체조를 배우는 여가에 간단한 속옷을 찢었다. 그리고 나서 수신과 체조는 여가에 가끔 하였다.

여섯-일곱-여덟-아홉-열.

다섯 해-개꼬리도 삼 년만 묻어두면 황모(黃毛)가 된다든가 안 된다든가 원-.

수신 시간에는 학감 선생님, 할팽(割烹, 요리) 시간에는 올드미스(old miss) 선생님, 국문 시간에는 곰보딱지 선생님-.

"선생님 선생님-이 귀염성스럽게 생긴 연이가 엊저녁에 무엇을 했는지 알아내면 용하지."

흑판 위에는 '요조숙녀'라는 액(額, 액자)의 흑색이 임리(淋漓, 힘이 넘침)

하다.

"선생님 선생님 — 제 입술이 왜 요렇게 파르스레한지 알아맞히신다면 참 용하지."

연이는 음벽정에 가던 날도 R 영문과에 재학중이다. 전날 밤에는 나와 만나서 사랑과 장래를 맹서(盟誓)하고 그 이튿날 낮에는 기싱(George Gissing, 영국 소설가)과 호손(Nathaniel Hawthorne, 미국 소설가)을 배우고 밤에는 S와 같이 음벽정에 가서 옷을 벗었고 그 이튿날은 월요일이기 때문에 나와 같이 같은 동소문 밖으로 놀러가서 베제(키스)했다. S도 K교수도 나도 연이가 엊저녁에 무엇을 했는지 모른다. S도 K교수도 나도 바보요 연이만이 홀로 눈 가리고 야웅하는 데 희대의 천재다.

연이는 N빌딩에서 나오기 전에 WC라는 데를 잠깐 들르지 않으면 안 되었다. 나오면 남대문통 십오간(十五間) 대로 GO STOP의 인파.

"여보시오 여보시오, 이 연이가 저 2층 바른편에서부터 둘째 S씨의 사무실 안에서 지금 무엇을 하고 나왔는지 알아맞히면 용하지."

그때에도 연이의 살결에서는 능금과 같은 신선한 생광(生光)이 나는 법이다. 그러나 불쌍한 이상 선생님에게는 이 복잡한 교통을 향하여 빈정거릴 아무런 비밀의 재료도 없으니 내가 재산 없는 것보다도 더 가난하고 싱겁다.

"C양! 내일도 학교에 가셔야 할 테니까 일찍 주무셔야지요."

나는 부득부득 가야겠다고 우긴다. C양은 그럼 이 꽃 한 송이 가져다가 방에다 꽂아놓으란다.

"선생님 방은 아주 살풍경이라지요?"

내 방에는 화병도 없다. 그러나 나는 두 송이 가운데 흰 것을 달래서 왼편 깃에다가 꽂았다. 꽂고 나는 밖으로 나왔다.

5
긴 세월 동안 나는 자살을 생각해왔다

국화 한 송이도 없는 방 안을 휘-한번 둘러보았다. 잘-하면 나는 이 추악한 방을 다시 보지 않아도 좋을 수-도 있을까 싶었기 때문에 내 눈에는 눈물도 고일밖에-.

나는 썼다 벗은 모자를 다시 쓰고 나니까 그만 하면 내 연이에게 대한 인사도 별로 유루(遺漏, 빠짐)없이 다 된 것 같았다.

연이는 내 뒤를 서너 발자국 따라왔던가 싶다. 그러나 나는 예년 10월 24일경에는 사체가 며칠 만이면 상하기 시작하는 지 그것이 더 급했다.

"상! 어디 가세요?"

나는 얼떨결에 되는 대로,

"동경."

물론 이것은 허담이다. 그러나 연이는 나를 만류하지 않는다. 나는 밖으로 나갔다.

나왔으니, 자- 어디로 어떻게 가서 무엇을 해야 되누.

해가 서산에 지기 전에 나는 2, 3일 내로는 반드시 썩기 시작해야 할 한 개 '사체'가 되어야만 하겠는데, 도리는?

도리는 막연하다. 나는 10년 긴-세월을 두고 세수할 때마다 자살을 생각하여 왔다. 그러나 나는 결심하는 방법도 결행하는 방법도 아무것도 모르는 채다.

나는 온갖 유행약(流行藥)을 암송하여 보았다.

그리고 나서는 인도교(人道橋), 변전소, 화신상회 옥상, 경원선 이런 것들도 생각해보았다.

나는 그렇다고 – 정말 이 온갖 명사의 나열은 가소롭다 – 아직 웃을 수는 없다.

웃을 수는 없다. 해가 저물었다. 급하다. 나는 어딘지도 모를 교외에 있다. 나는 어쨌든 시내로 들어가야만 할 것 같았다. 시내 – 사람들은 여전히 그 알아볼 수 없는 낯짝들을 쳐들고 와글와글 야단이다. 가등이 안개 속에서 축축해한다. 영경(英京, 영국의 수도) 윤돈(倫敦, 런던(London))이 이렇다지 –.

6
C양의 방을 나와 커피를 마시고 맥주를 마신다

NAUKA사가 있는 진보초 스즈란도[神保町 鈴蘭洞]에는 고본(古本) 야시(야시장)가 선다. 섣달 대목 – 이 스즈란도도 곱게 장식되었다. 이슬비에 젖은 아스팔트를 이리 디디고 저리 디디고 저녁 안 먹은 내 발길은 자못 창량(蹌踉, 비틀거림)하였다. 그러나 나는 최후의 20전을 던져 타임스(Times)판 상용영어 사천 자라는 서적을 샀다. 사천 자 –.

사천 자면 많은 수효다. 이 해양(海洋)만 한 외국어를 겨드랑에 낀 나는 섣불리 배고파할 수도 없다. 아-나는 배부르다.

진따-(옛날 활동사진 상설관에서 사용하던 취주악대) 진동야(상업 선전 가무단)의 진따가 슬프다.

진따는 전원 네 사람으로 조직되었다. 대목의 한몫을 보려는 소백화점의 번영을 위하여 이 네 사람은 클라리넷과 코넷(cornet)과 북과 소고를 가지고 선조 유신 당초에 부르던 유행가를 연주한다. 그것은 슬프다 못해 기가 막히는 가각풍경(街角風景, 거리풍경)이다. 왜? 이 네 사람은 네 사람이 다 묘령의 여성들이더니라. 그들은 똑같이 진홍색 군복과 군모와 '꼭구마(창이나 모자를 장식하던 깃털)'를 장식하였더니라.

아스팔트는 젖었다. 스즈란도 좌우에 매달린 그 영란(鈴蘭)꽃 모양 가등도 젖었다. 클라리넷 소리도-눈물에-젖었다.

그리고 내 머리에는 안개가 자옥-히 끼었다.

영국 윤돈이 이렇다지?

"이상!은 무슨 생각을 그렇게 하십니까?"

남자의 목소리가 내 어깨를 쳤다. 법정대학 Y군, 인생보다는 연극이 더 재미있다는 이다. 왜? 인생은 귀찮고 연극은 실없으니까.

"집에 갔더니 안 계시길래!"

"죄송합니다."

"엠프레스(Empress, 카페 이름)에 가십시다."

"좋-지요."

ADVENTURE IN MANHATTAN(미국의 흑백영화)에서 진 아서(Jean Arthur, 미국의 여배우)가 커피 한 잔 맛있게 먹더라. 크림을 타 먹으면 소설가 구보

(仇甫, 소설가 박태원) 씨가 그랬다-쥐 오줌 내가 난다고. 그러나 나는 조엘 맥크리(Joel McCrea, 미국의 영화배우)만큼은 맛있게 먹을 수 있었으니-.

MOZART의 41번은 '목성'이다. 나는 몰래 모차르트의 환술(幻術, 눈속임의 기술)을 투시하려고 애를 쓰지만 공복으로 하여 적이 어지럽다.

"신주쿠[新宿] 가십시다."

"신주쿠라?"

"NOVA(에스페란토어로 '우리'라는 뜻. 신주쿠에 있던 맥주홀의 이름)에 가십시다."

"가십시다 가십시다."

마담은 루바슈카(러시아의 겨울용 옷). 노바는 에스페란토. 헌팅(hunting cap, 사냥용 모자)을 얹은 놈의 심장을 아까부터 벌레가 연해 파먹어 들어간다. 그러면 시인 지용(芝鎔, 시인 정지용)이여! 이상은 물론 자작(子爵, 귀족 작위 중 네 번째)의 아들도 아무것도 아니겠습니다그려!

12월의 맥주는 선뜩선뜩하다. 밤이나 낮이나 감방은 어둡다는 이것은 고리키의 「나그네」 구슬픈 노래, 이 노래를 나는 모른다.

7
나는 동경으로 갈 것을 결심한다

밤이나 낮이나 그의 마음은 한없이 어두우리라. 그러나 유정(兪政, 소설가 김유정, 한자는 동음의 다른 한자)아! 너무 슬퍼 마라. 너에게는 따로 할 일이 있느니라.

이런 지비(紙碑, 종이 비석)가 붙어 있는 책상 앞이 유정에게 있어서는 생사의 기로다. 이 칼날같이 선 한 지점에 그는 앉지도 서지도 못하면서 오직 내가 오기를 기다렸다고 울고 있다.

"각혈이 여전하십니까?"

"네—그저 그날이 그날 같습니다."

"치질이 여전하십니까?"

"네—그저 그날이 그날 같습니다."

안개 속을 헤매던 내가 불현듯이 나를 위하여는 마코(담배 상표)—두 갑, 그를 위하여는 배 10전 어치를, 사가지고 여기 유정을 찾은 것이다. 그러나 그의 유령 같은 풍모를 도회(韜晦, 감춤)하기 위하여 장식된 무성한 화병(花甁, 꽃병)에서까지 석탄산(石炭酸, 소독제) 내음새가 나는 것을 지각하였을 때는 나는 내가 무엇하러 여기 왔나를 추억해볼 기력조차도 없어진 뒤였다.

"신념을 빼앗긴 것은 건강이 없어진 것처럼 죽음의 꼬임을 받기 마치 쉬운 경우더군요."

"이상 형! 형은 오늘이야 그것을 빼앗기셨습니까? 인제—겨우—오늘이야—겨우—인제."

유정! 유정만 싫다지 않으면 나는 오늘 밤으로 치러버리고 말 작정이었다. 한 개 요물에게 부상해서 죽는 것이 아니라 27세를 일기로 하는 불우의 천재가 되기 위하여 죽는 것이다.

유정과 이상—이 신성불가침의 찬란한 정사(情死, 사랑하는 남녀가 뜻을 이루지 못하여 함께 자살하는 일)—이 너무나 엄청난 거짓을 어떻게 다 주체를 할 작정인지.

"그렇지만 나는 임종할 때 유언까지도 거짓말을 해줄 결심입니다."

"이것 좀 보십시오."

하고 풀어헤치는 유정의 젖가슴은 초롱(草籠, 풀바구니)보다도 앙상하다. 그 앙상한 가슴이 부풀었다 구겼다 하면서 단말마의 호흡이 서글프다.

"명일(明日, 내일)의 희망이 이글이글 끓습니다."

유정은 운다. 울 수 있는 외의 그는 온갖 표정을 다 망각하여 버렸기 때문이다.

"유형! 저는 내일 아침차로 동경 가겠습니다."

"……."

"또 뵈옵기 어려울걸요."

"……."

그를 찾은 것을 몇 번이고 후회하면서 나는 유정을 하직하였다. 거리는 늦었다. 방에서는 연이가 나 대신 내 밥상을 지키고 앉아서 아직도 수없이 지니고 있는 비밀을 만지작만지작하고 있었다. 내 손은 연이 뺨을 때리지는 않고 내일 아침을 위하여 짐을 꾸렸다.

"연이! 연이는 야웅의 천재요. 나는 오늘 불우의 천재라는 것이 되려다가 그나마도 못 되고 도로 돌아왔소. 이렇게 이렇게! 응?"

8
나는 취해 나미꼬와 연이를 혼동한다

나는 버티다 못해 조그만 종잇조각에다 이렇게 적어 그놈에게 주었다.

"자네도 야웅의 천재인가? 암만해도 천재인가 싶으이. 나는 졌네. 이렇게 내가 먼저 지껄였다는 것부터가 패배를 의미하지."

일고휘장(一高徽章, 제일고등학교의 표시)이다. HANDSOME BOY - 해협 오전 2시의 망토를 두르고(정지용의 시 「해협」의 한 구절) 내 곁에 가 버티고 앉아서 동(動)치 않기를 한 시간 (이상(以上)?)

나는 그동안 풍선처럼 잠자코 있었다. 온갖 재주를 다 피워서 이 미목수려(眉目秀麗, 잘생긴 얼굴)한 천재로 하여금 먼저 입을 열도록 갈팡질팡했건만 급기야 나는 졌다. 지고 말았다.

'당신의 텁석부리는 말을 연상시키는구려. 그러면 말아! 다락 같은 말아!(정지용의 시 「말」의 한 구절) 귀하는 점잖기도 하다마는 또 귀하는 왜 그리 슬퍼 보이오? 네? (이놈은 무례한 놈이다.)

'슬퍼? 응 - 슬플밖에 - 20세기를 생활하는데 19세기의 도덕성밖에는 없으니 나는 영원한 절름발이로다. 슬퍼야지 - 만일 슬프지 않다면 - 나는 억지로라도 슬퍼해야지 - 슬픈 포즈라도 해보여야지 - 왜 안 죽느냐고? 헤헹! 내게는 남에게 자살을 권유하는 버릇밖에 없다. 나는 안 죽지. 이따가 죽을 것만 같이 그렇게 중속(衆俗, 풍속)을 속여주기만 하는 거야. 아 - 그러나 인제는 다 틀렸다. 봐라. 내 팔. 피골이 상접. 아야아야. 웃어야 할 터인데 근육이 없다. 울려야 근육이 없다. 나는 형해(形骸, 앙상한 잔해)다. 나 - 라는 정체는 누가 잉크 짓는(지우는) 약으로 지워버렸다. 나는 오직 내 - 흔적일 따름이다.'

NOVA의 웨이트리스(waitress) 나미코는 아부라에[油繪, 유화]라는 재주를 가진 노라(희곡 「인형의 집」의 여주인공)의 따님 코론타이의 누이동생이시다.

미술가 나미코 씨와 극작가 Y군은 4차원 세계의 테마를 불란서 말로 회화한다.

불란서 말의 리듬은 C양의 언더 더 워치 강의처럼 애매하다. 나는 하도 답답해서 그만 울어버리기로 했다. 눈물이 좔좔 쏟아진다. 나미코가 나를 달랜다.

'너는 뭐냐? 나미코? 너는 엊저녁에 어떤 마치아이(약속 장소)에서 방석을 베고 15분 동안 – 아니 아니 어떤 빌딩에서 아까 너는 걸상에 포개 앉았느냐. 말해라 – 헤헤 – 음벽정? N빌딩 바른편에서부터 둘째 S의 사무실? (아 – 이 주책없는 이상(李箱)아 동경에는 그런 것은 없습네.) 계집의 얼굴이란 다마네기[玉蔥, 양파]다. 암만 벗기어 보려무나. 마지막에 아주 없어질지언정 정체는 안 내놓느니.'

신주쿠의 오전 1시 – 나는 연애보다도 우선 담배를 한 대 피우고 싶었다.

9
나는 유정과 연이에게 편지를 받는다

12월 23일 아침 나는 진보초 누옥(陋屋) 속에서 공복으로 하여 발열하였다. 발열로 하여 기침하면서 두 벌 편지는 받았다.

'저를 진정으로 사랑하시거든 오늘로라도 돌아와 주십시오. 밤에도 자지 않고 저는 형을 기다리고 있습니다. 유정.'

'이 편지 받는 대로 곧 돌아오세요. 서울에서는 따뜻한 방과 당신의 사랑하는 연이가 기다리고 있습니다. 연(姸) 서(書).'

이날 저녁에 부질없는 향수(鄕愁)를 꾸짖는 것처럼 C양은 나에게 백국(白菊, 흰국화) 한 송이를 주었느니라. 그러나 오전 1시 신주쿠역 폼(platform)에서 비칠거리는 이상의 옷깃에 백국은 간데없다. 어느 장화가 짓밟았을까? 그러나 – 검정 외투에 조화를 단, 댄서 – 한 사람. 나는 이국종(異國種) 강아지(정지용의 시 「카페 프랑스」의 한 구절)올시다. 그러면 당신께서는 또 무슨 방석과 걸상의 비밀을 그 농화장(濃化粧, 짙게 한 화장) 그늘에 지니고 계시나이까?

사람이 – 비밀 하나도 없다는 것이 참 재산 없는 것보다도 더 가난하외다그려! 나를 좀 보시지요?

이야기 따라잡기

나는 12월 23일 두 통의 편지를 받는다. 하나는 유정에게서 다른 하나는 연이에게서 온 것이다. 편지를 받고 나는 C양의 집으로 간다.

나는 C양의 방에서 C양에게 영어를 가르친다. C양은 내게 '어느 소설 속 연애' 이야기를 해준다. 그 이야기를 듣는 중에 나는 연이의 문란함에 속았던 것을 떠올린다. 나는 담배가 다 타들어간 것도 모를 정도로 생각에 심취해 있다.

영어 강의가 끝났는데도 나는 C양의 목소리와 파르스레한 입술을 보고 연이의 파르스레한 입술을 떠올리며 다시 문란했던 연이의 생각에 잠긴다. 연이는 전날 밤에는 나와 사랑을 약속하고 이튿날은 기성과 호손을 배우고 밤에는 S와 관계를 갖고 그 다음날은 나와 키스를 한다. 이렇게 연이는 문란한 여인이다. S와 연이의 관계를 알게 된 나는 연이를 고문한다. 사실을 확인한 나는 괴로움에 자살을 마음먹고 방을 나온다. 따라나온 연이의 어디로 가느냐는 물음에 나는 동경으로 간다는 거짓말을 하고 여러 가지 자살의 방법들을 생각한다.

생각에서 벗어난 나는 C양에게 국화 한 송이를 받아 C양의 집에서 나온다. C양의 방을 나온 나는 고본 야시장에서 가진 돈의 전부인 20전으로 영어 서적을 산다. 거리에는 취주악대가 연주를 하고 있다. 나에게는 거리도, 음악도 슬프다.

어느 날 병환 중이던 유정을 찾아간다. 죽기 전 마지막으로 유정을 보기 위함이었지만 유정을 본 후 죽지 않고 동경으로 가기로 한다.

거리를 걷던 중 법정대학의 Y군을 만난다. Y와 함께 엠프레스로 가서 커피를 마시고, 신주쿠에 있는 NOVA로 가서 맥주를 마신다. NOVA의 웨이트리스 나미코는 화가이다. 나는 술에 잔뜩 취해 나미코와 연이를 착각한다. 내 의식 속에서의 여자는 아무리 벗겨도 사라질지언정 정체를 내놓지 않는 양파 같다.

비밀이 없는 나는 재산이 없는 것보다도 더 가난하다.

쉽게 읽고 이해하기

식민지 시대 지식인의 모습

나는 C양에게 영어를 가르친다. under the watch, five town 등등. 수업이 끝난 후에도 이야기도 lecture가 끝났는데 intonation이 없다고 말한다. 카페 이름은 empress이며, 영화는 ADVENTURE IN MANHATTAN이고, 영화의 주인공 진 아서가 커피 한 잔을 맛있게 먹는 것을 상기한다. 기존의 여급이란 표현 대신 웨이트리스라는 말을 쓰고 있다. 또한 동경에서는 가난한 자신의 처지를 생각하며 프랑스의 시인 콕토의 말을 상기한다. "재주 없는 예술가야 부질없이 네 빈곤을 내세우지 말라고". 또한 연이를 만나 사랑과 장래를 맹세하고 난 이튿날 낮에는 영국의 소설가 기싱과 미국의 소설가 호손을 생각한다.

이러한 영어의 사용은 당시 이상과 박태원, 정지용 등 그들 모임의 분위기를 상기시키게 한다. 동경 유학을 갔다온 지식인들이며, 영어를 가르치고, 영어 이름을 단 카페에서 웨이트리스에게 커피를 시키며 크림을 넣는다. 그리고 미국 영화와 배우를 이야기하고, 외국 작가와 작품들, 명언들을 상기한다. 학생에게 영어를 가르치며 생활한다. 즉 그들에게 해외의 문화는 일상생활인 동시에 살아가는 수단이며, 유일한 관심사인 것이다.

당시 많은 지식인들이 해외로 유학을 갔다. 근대화된 문물을 받아들이고 그들의 문화와 지식을 받아들여, 더 나은 삶을 꿈꾸었다. 그러나 이미 빼앗긴 나라, 더 이상 어떤 이상을 추구할 수 있겠는가. 해외 유학을 마치고 돌아온 지식인들이 카페에 모여 해외에 대한 향수를 느끼며 함께 모여 해외문학이며, 영어로 이야기하고, 외국 영화배우를 논한다고 한들 무슨 소용이 있겠는가. 식민지 상황에서 아무것도 할 수 없는 지식인들의 반성은 자기성찰과 반성의 형태, 또는 이로 인한 니힐리즘에 빠지거나 다른 한편으로는 계몽과 이상향을 꿈꾸는 형태로 나타난다(심훈, 이광수). 그들의 이러한 모습을 한껏 그리던 이상은 정지용의 시를 인용하여 한마디로 정리한다. "나는 이국종 강아지올시다".

  옮겨다 심은 종려나무 밑에
  비뚜루 선 장명등,
  카페 · 프란스에 가자.

  이 놈은 루바슈카
  또 한 놈은 보헤미안 넥타이
  버쩍 마른 놈이 앞장을 섰다.

  밤비는 뱀 눈처럼 가는데

페이브먼트에 흐느적거리는 불빛
카페·프란스에 가자.

이놈의 머리는 비뚜른 능금
또 한 놈의 심장은 벌레 먹은 장미
제비처럼 젖은 놈이 뛰어간다.

"오오 패롯 서방! 굿 이브닝!"
"굿 이브닝!"(이 친구 어떠하시오?)

울금향(鬱金香) 아가씨는 이 밤에도
경사(更紗) 커-튼 밑에서 조시는구료!

나는 자작의 아들도 아무것도 아니란다.
남달리 손이 희어서 슬프구나!

나는 나라도 집도 없단다.
대리석 테이블에 닿는 내 뺨이 슬프구나!

오오, 이국종(異國種) 강아지야
내 발을 빨아다오.
내 발을 빨아다오.

— 정지용, 「카페·프란스」 전문

「실화」 vs 「권태」

「실화」는 이상이 동경에 가서 쓴 작품으로 「권태」와 비슷한 시기에 쓴 작품이다. 같은 장소에서, 같은 시기에 쓰인 두 작품을 비교해보자.

「권태」는 1937년 『조선일보』에 발표한 수필이다. 벽촌의 여름을 배경으로 반복되는 일상과 단조로운 생활로 인한 권태감을 주변 풍경에 대한 관찰과 자신의 생각을 통해 이야기하고 있다. 나는 한없이 펼쳐진 벌판이나 그 벌판을 덮고 있는 초록의 물결에서 지루함을 느낀다. 이러한 권태로움에서 벗어나기 위해 최서방의 조카를 찾아가 장기를 두지만, 그것 역시 지루한 일상의 반복일 뿐이고, 승부도 언제나 똑같아 전혀 새로운 느낌을 받지 못한다. 암흑은 암흑인 이상, 이 방이 좁은 것이나 우주에 꽉 찬 것이나 분량상 차이가 없다고 느끼는 나는 어디까지 가야 끝이 날지 모르는 내일이 또 온다는 사실을 느끼며 오들오들 떨고 있을 뿐이다.

반면 「실화」는 동경과 경성이라는 도시를 배경으로 하고 있다. 거기에는 단조로움이나 권태로운 일상보다는 뉴욕의 맨해튼을 이야기하고, 인생보다는 연극이 재미있다. 모차르트 41번은 '목성'이며, 루바슈카, 에스페란토 등에 대해 이야기한다. 근대적인, 서구문물로 가득 찬 도시적 생활인 것이다.

이상이 생을 마감하기 전에 쓴 두 작품은 극단적인 대조를 보인다. 한 작품에서는 장기를 두고, 다른 한 작품에서는 커피를 마시며 작품을 논한다. 초록의 물결을 보며 휴양을 하는 것이 아니라 오히려 지루함을 느낀다. 동경에서 쓴 두 작품을 통해 이상의 당시의 근대적 문화에 대한 입장을 살펴볼 수 있다.

공짜 치즈는 쥐덫에만 놓여 있다.
― 러시아 격언

「김유정」(『청색지』, 1939. 5)은

실존했던 소설가 김유정을 소설화한 실명소설로

소설 속 김유정의 모습은

소설 밖 김유정의 성격이나

인간적인 면모를 효과적으로 잘 보여준다.

김유정
― 소설체로 쓴 김유정론

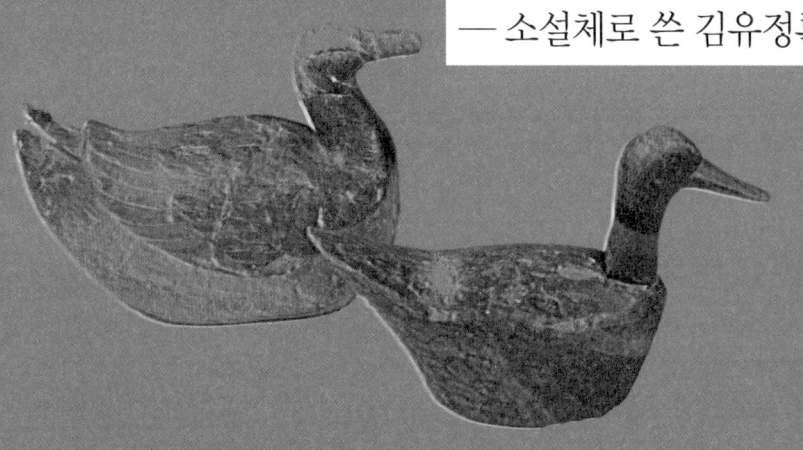

평소의 유정은 뚱보다.
이런 양반이 그 곤지곤지만 시작되면 통성 다시 해야 한다.

등장인물

나 이상 자신을 나타내는 인물. 김유정의 성격을 엿볼 수 있는 행동들을 보고 느끼는 대로 전달한다.

김유정 실존 인물인 김유정에 소설적 허구성이 입혀진 인물. 평소 말이 없다가도 술을 마시면 호방해지는 등 인간적인 모습을 보여준다.

B군, S군 유정과 이상의 친구들. 술자리에서 몸싸움을 벌이지만 그 이튿날은 언제 그런 일이 있었냐는 듯 정답게 지낸다.

김유정(金裕貞)

나는 김기림, 박태원, 정지용, 김유정을 주인공으로 하는 소설을 계획한다

암만해도 성을 안 낼 뿐만 아니라 누구를 대할 때든지 늘 좋은 낯으로 해야 쓰느니 하는 타입의 우수한 견본이 김기림(金起林)이라.

좋은 낯을 하기는 해도 적(敵)이 비례(非禮, 예의에 어긋나는 일)를 했다거나 끔찍이 못난 소리를 했다거나 하면 잠자코 속으로만 꿀꺽 업신여기고 그만두는, 그러기 때문에 근시안경을 쓴 위험인물이 박태원(朴泰遠)이다.

업신여겨야 할 경우에 '이놈! 네까진 놈이 뭘 아느냐'라든가, 성을 내면 '여! 어디 덤벼 봐라' 쯤 할 줄 아는, 하되, 그저 그럴 줄 알다 뿐이지 그만큼 해두고 주저앉는 파(派)에, 고만 이유로 코밑에 수염을 저축(貯蓄)한 정지용(鄭芝溶)이 있다.

모자를 홱 벗어던지고 두루마기도 마고자도 민첩하게 턱 벗어던지고 두 팔 훌떡 부르걷고 주먹으로는 적의 벌마구니(볼 마구리. '마구리'는 길쭉한 물건의 양쪽 머리의 면)를, 발길로는 적의 사타구니를 격파하고도 오히려 행유여력(行有餘力, 일을 다 하고도 오히려 힘이 남음)에 엉덩방아를 찧고야 그치는 희유(稀有, 흔하지 아니함)의 투사가 있으니 김유정(金裕貞)이다.

누구든지 속지 마라. 이 시인 가운데 쌍벽(雙璧)과 소설가 중 쌍벽은 약속(約束)하고 분만(分娩, 아이를 낳음)된 듯이 교만하다. 이들이 무슨 경우에 어떤 얼굴을 했댔자 기실은 그 교만에서 산출된 표정의 데포르마시옹(deformation, 변형) 외에 아무것도 아니니까 참 위험하기 짝이 없는 분들이라는 것이다.

이분들을 설복할 아무런 학설도 이 천하에는 없다. 이렇게들 또 고집이 세다.

나는 자고로 이렇게 교만하고 고집 센 예술가를 좋아한다. 큰 예술가는 그저 누구보다도 교만해야 한다는 일이 내 지론이다.

다행히 이 네 분은 서로들 친하다. 서로 친한 이분들과 친한 나 불초(不肖) 이상(李箱)이 보니까 여상(如上)의 성격의 순차적 차이가 있는 것은 재미있다. 이것은 혹 불행히 나 혼자의 재미에 그칠지는 우려지만 그래도 좀 재미있어야 되겠다.

작품 이외의 이분들의 일을 적확히(정확하게 맞아 조금도 틀리지 아니하게) 묘파(남김없이 밝히어 그려 냄)해서 써내 비교교우학(比較交友學)을 결정적으로 여실히 하겠다는 비장한 복안(腹案, 마음속에 간직한 생각)이거늘,

소설을 쓸 작정이다. 네 분을 각각 주인으로 하는 네 편의 소설이다.

내 글을 좋게 봐주셨으면 한다

그런데 족보에 없는 비평가 김문집(金文輯, 1930년대의 문학 평론가) 선생이 내 소설에 59점이라는 좀 참담한 채점을 해놓으셨다. 59점이면 낙제다. 한끝만 더 했더면—그러니까 서울말로 '낙째 첫째'다. 나는 참 참담했습니다. 다시는 소설을 안 쓸 작정입니다—는 즉 거짓말이고, 이 경우에 내 어쭙잖은 글이 네 분의 심사를 건드린다거나 읽는 이들의 조소를 산다거나 하지나 않을까 생각을 하니 아닌 게 아니라 등어리가 꽤 서늘하다.

그렇거든 59점짜리가 그럼 그렇지 하고 그저 눌러 덮어주어야겠고 뜻밖에 제법 되었거든 네 분이 선봉(先鋒)을 서서 김문집 선생께 좀 잘 좀 말해주셔서 부디 급제(及第) 좀 시켜주시기 바랍니다.

김유정은 평소에 말수가 적고 조용하다

김유정 편(篇)

이 유정(裕貞)은 겨울이면 모자를 쓰지 않는다. 그러면 탈모(脫毛)인가? 그의 그 더벅머리 위에는 참 우글쭈글한 벙거지가 얹혀 있는 것이다. 나는 걸핏하면,

"김형(金兄)! 그 김형이 쓰신 모자는 모자가 아닙니다."

"김형! (이 김형이라는 호칭인즉슨 이상(李箱)을 가리키는 말이다.) 거 어떡허시는 말씀입니까."

"거 벙거지, 벙거지지요."

"벙거지! 벙거지! 옳습니다."

태원(泰遠)도 회남(懷南, 안회남, 1930년대의 소설가)도 유정의 모자 자격을 인정하지 않는다. 벙거지라고밖에!

엔간해서 술이 잘 안 취하는데 취하기만 하면 딴사람이 되고 만다. 그것은 무엇을 보고 아느냐 하면 —

보통으로 주먹을 쥐이고 쏙 둘째손가락만 쪽 펴면 사람 가리키는 신호가 되는데 이래 가지고는 그 벙거지 차양 밑을 우벼 파면서 나사못 박는 흉내를 내는 것이다. 하릴없이 젖먹이 곤지곤지 형용에 틀림없다.

창문사(彰文社, 1930년대 경성에 있던 출판사. 화가 구본웅의 부친이 경영하던 곳으로 이상은 여기서 한때 출판교정을 맡아 일한 바 있음.)에서 내가 집무랍시고 하는 중에 떠억 나를 찾아온다. 와서는 내 집무 책상 앞에 마주 앉는다. 앉아서는 바윗덩어리처럼 말이 없다. 낸들 또 무슨 그리 신통한 이야기가 있으리오. 그저 서로 벙벙히(멍하니) 앉았는 동안에 나는 나대로 교정 등속(等屬, 나열한 사물과 같은 종류의 것들을 몰아서 이르는 말) 일을 한다. 가지가지 부호를 써서 내가 교정을 보고 있노라면 그는 불쑥,

"김형! 거 지금 그 표는 어떡하라는 표구요."

이런다. 그럼 나는 기가 막혀서,

"이거요, 글자가 곤두섰으니 바루 놓으란 표지요."

하고 나서는 또 그만이다. 이렇게 평소의 유정은 뚱보(뚱해서 붙임성이 적은 사람)다. 이런 양반이 그 곤지곤지만 시작되면 통성(通姓, 통성명) 다시 해야 한다.

유정은 술을 마시면 노래도 부를 만큼 호방해진다

그날 나도 초저녁에 술을 좀 먹고 곤해서 한참 자는데 별안간 대문을 뚜드리는 소리가 요란하다. 한 시나 가까웠는데—하고 눈을 비비고 나가보니까 유정이 B군과 S군과 작반(作伴, 동행자로 삼음)해와서 이 야단이 아닌가. 유정은 연해 성(盛)히 곤지곤지 중이다. 나는 일견에 '익키! 이건 곤지곤지구나.' 하고 내심 벌써 각오한 바가 있자니까 나가잔다.

"김형! 이 유정이가 오늘 술, 좀, 먹었습니다. 김형! 우리 또 한잔 허십시다."

"아따 그러십시다그려."

이래서 나도 내 벙거지를 쓰고 나섰다.

나는 단박에 취해버려서 역시 그 비장의 가요를 기탄없이 내뽑은가 싶다. 이렇게 밤이 늦었는데 가무음곡(歌舞音曲)으로써 가구(街衢, 길거리)를 소란케 하는 것은 법규상 안 된다. 그래 주파(酒婆, 술 파는 늙은 여자)가 이러니저러니 좀 했더니 S군과 B군은 불온하기 짝이 없는 언사로 주파(酒婆)를 탄압하면, 유정은 또 주파를 의미 깊게 흘낏, 한번 흘겨보더니,

"김형! 우리 소리합시다."

하고 그 척척 붙어 올라올 것 같은 끈적끈적한 목소리로 강원도 아리랑 팔만구암자(八萬九庵子, 강원아리랑의 한 구절)를 내뽑는다. 이 유정의 강원도 아리랑은 바야흐로 천하일품의 경지다.

술을 마시는 중에 B군과 S군과 유정이 별안간 싸움을 벌인다

나는 소독(消毒) 젓가락으로 추탕(鰍湯, 추어탕) 보시깃전(작은 그릇의 가장자리)을 갈기면서 장단을 맞춰 좋아하는데 가만히 보니까 한쪽에 S군과 B군이 불화다. 취중 문학담이 자연 아마 그리 된 모양인데 부전부전(남의 사정은 생각지 않고 서두르는 모양)하게 유정이 또 거기 가 한몫 끼이는 것이다. 나는 술들이나 먹지 저 왜들 저러누, 하고 서서 보고만 있자니까 유정이 예의 그 벙거지를 떡 벗어던지더니 두루마기 마고자 저고리를 차례로 벗어젖히고는 S군과 맞달라붙는 것이 아닌가.

싸움의 테마는 아마 춘원(春園)의 문학적 가치 운운이던 모양인데 어쨌든 피차 어지간히들 취중이라 문학은 저리 집어치우고 인제 문제는 체력이다. 뺨도 치고 제법 태껸도들 한다. S군은 이리 비철 저리 비철 하면서 유정의 착의일식(着衣一式, 입은 옷 한 벌)을 주워들고 바ー로 뜯어말린답시고 한가운데 가 끼어서 꾸기적꾸기적하는데 가는 발길 오는 발길에 이래저래 피해가 많은 꼴이다.

놀란 것은 주파와 나다.

주파는 술은 더 못 팔아도 좋으니 이분들을 좀 밖으로 모셔 내라는 애원이다. 나는 B군과 협력해서 가까스로 용사(勇士)들을 밖으로 끌고 나오기는 나왔으나 이번에는 자동차가 줄 대서 왕래하는 대로 한복판에서들 활약이다. 구경꾼이 금시로 모여든다. 용사들의 사기는 백열화(白熱化)한다(최고조에 이른다).

나는 섣불리 좀 뜯어말리는 체하다가 얼떨결에 벙거지 벗어진 그 당장

용사들의 군용화(軍用靴)에 유린을 당하고 말았다. 그만 나는 어이가 없어서 전선주에 가 기대서서 이 만화(漫畫)를 서서히 감상하자니까-.

B군은 이건 또 언제 어디서 획득했는지 모를 오합(五合)들이 술병을 거꾸로 쥐고 육모방망이 내휘두르듯 하면서 중재중인데 여전히 피해가 많다. B군은 이윽고 그 술병을 한번 허공에 한층 높이 내휘두르더니 그 우렁찬 목소리로 산명곡응(山鳴谷應, 산과 골짜기가 울림)하라고 최후의 대갈일성(大喝一聲, 큰 소리로 외치는 한마디)을 시험해도 전황(戰況)은 여전하다.

B군은 그만 화가 벌컥 난 모양이다. 그 술병을 지면(地面) 위에다 내던지고 가로되,

"네놈들을 내 한꺼번에 쥑이겠다."

고 결의의 빛을 표시하더니 좌충우돌로 동에 번쩍 서에 번쩍 S군, 유정의 분간이 없이 막 구타하기 시작이다.

이 광경을 본 나도 놀랐거니와 더욱 놀란 것은 전사(戰士) 두 사람이다. 여태껏 싸움 말리는 역할을 하느라고 하던 B군이 별안간 이처럼 태도를 표변(豹變)하니 교전하던 양인(兩人)이 놀라지 않을 수가 없다.

세 사람이 한데 뒤엉켜 싸우는 모습이 우습기 그지없다

B군은 우선 유정의 턱 밑을 주먹으로 공격했다. 경악한 유정은 방어의 자세를 취하면서 한쪽으로 비키니까 B군은 이번에는 S군을 걷어찼다. S군은 눈이 뚱그래서 이 역(亦, 또한) 한켠으로 비키면서 이건 또 무슨 생

각으로,

"너! 유정이! 뎀벼라."

"오냐! S! 너! 나헌테 좀 맞어봐라."

하면서 원래의 적이 다시금 달라붙으니까 B군은 그냥 두 사람을 얼러서 걷어차면서 주먹 비를 내리우는 것이다. 두 사람은 일제히 공격을 B군에게로 모아가지고 쉽사리 B군을 격퇴한 다음 이어 본전(本戰)을 계속중(繼續中)에 B군은 이번에는 S군의 불두덩을 걷어찼다. 노발대발한 S군은 B군을 향하여 맹렬한 일축(상대를 쉽게 물리침)을 수행하니까 이 틈을 타서 유정은 S군에게 이 또한 그만 못지않은 일축을 결행한다. 이러면 B군은 또 선수(船首)를 돌려 유정를 겨누어 거룩한 일축을 발사한다. 유정은 S군을, S군은 B군을, B군은 유정을, 유정은 S군을, S군은 −.

이것은 그냥 상상만으로도 족히 포복절도할 절경임에 틀림없다. 나는 그만 내 벙거지가 여지없이 파멸(破滅)한 것은 활연(豁然)히(환하게, 시원하게) 잊어버리고 웃음보가 곧 터질 지경인 것을 억지로 참고 있자니까 사람은 점점 꼬여드는데 이 진무류(珍無類, 유례없이 진귀한 것)의 혼전(混戰)은 언제나 끝날는지 자못 묘연(杳然)하다.

경관이 나타나서야 싸움은 끝이 난다

이때 옆 골목으로부터 순행하던 경관이 칼 소리를 내면서 나왔다. 나와서 가만히 보니까 이건 싸움은 싸움인 모양인데 대체 누가 누구하고 싸우는 것인지 종을 잡을 수가 없는 것이다.

경관도 기가 막혀서,

"이게 날이 너무 춥더니 실진(失眞, 실성)들을 한 게로군."

하는 모양으로 뒷짐을 지고 서서 한참이나 원망한 끝에 대갈일성(大喝一聲),

"가엣!"

나는 이 추운 날 유치장에를 들어갔다가는 큰일이겠으므로,

"곧 집으로 데리구 가겠습니다. 용서하십쇼. 술들이 몹시 취해 그렇습니다."

하고 고두백배(叩頭百拜, 수없이 고개 숙여 절함)한 것이다.

경관의 두 번째 '가에렛' 소리에 겨우 이 삼국지는 아마 종식하였던가 한다.

이 이야기를 듣고 태원(泰遠)이,

"거 요코미쓰 리이치(橫光利一, 일본 소설가)의 기계 같소그려."

하였다. (물론 이 세 동무는 그 이튿날은 언제 그런 일 있었냐는 듯이 계속하여 정다웠다.)

우리는 건강한 유정을 보고 싶다

유정은 폐가 거의 결딴이 나다시피 못쓰게 되었다. 그가 웃통 벗은 것을 보았는데 기구(崎嶇)한 척신(瘠身, 수척하게 마른 몸)이 나와 비슷하다. 늘,

"김형이 그저 두 달만 약주를 끊었으면 건강해지실텐데."

해도 막무가내하더니 지난 칠월달부터 마음을 돌려 정릉리(貞陵里) 어느

절간에 숨어 정양중(靜養中, 휴양하는 중)이라니, 추풍(秋風)이 점기(漸起, 서서히 일어나기)에 건강한 유정을 맞을 생각을 하면 나도 독자도 함께 기쁘다.

이야기 따라잡기

늘 좋은 낯으로 사람을 대하는 김기림, 상대가 마음에 들지 않는 말을 해도 속으로만 생각할 뿐 드러내지 않는 박태원, 상대에게 화를 내긴 하지만 적당한 선에서 멈추는 정지용, 넘치는 힘으로 상대를 제압하고야 마는 희유의 투사 김유정. 이들은 각각 시인과 소설가에서 교만하기가 쌍벽을 이루는 사람들이다.

나는 이런 고집 센 예술가를 좋아하고, 이 네 사람의 성격이 순차적으로 차이가 있는 것이 재미있다. 그래서 이 네 사람을 각기 주인공으로 하는 소설을 쓰려고 하니 그 첫 번째가 김유정 편이다.

유정의 모자는 우글쭈글하여 벙거지라고 놀림 받는다. 평소에는 말이 없이 조용조용한 성격의 유정은 엔간해서는 술도 잘 안 취한다. 그러나 취하기만 하면 딴 사람이 되고야 만다.

그날도 새벽 한 시나 가까워 이미 꽤나 취한 유정이 B군과 S군과 함께 집으로 찾아와 술을 마시러 가자고 한다. 술집에서 유정은 민요를 멋들어지게 한 가락 뽑아낸다.

한참을 잘 노는데 별안간 B군과 S군이 싸움을 한다. 여기에 유정까지 한 몫 끼어서 S군과 들러붙는다. 술집에서 벌어진 싸움이 이제는 대로에서의 활극으로 변해버린다. 누가 누구의 적이랄 것도 없이 유정은 S군을, S군은 B군을, B군은 유정을, 유정은 S군을, S군은-, 이렇게 셋이 한데 엉겨 싸우는 꼴은 포복절도할 만큼 절경이다.

이 우습기 그지없는 싸움은 순행 중이던 경관이 나타나서야 끝이 났고 세 사람은 그 이튿날에는 또 언제 그런 일이 있었냐는 듯이 정다운 모습이다.

유정의 폐병이 걱정스러웠는데 요양을 한다고 하니 건강해질 유정을 기대하는 마음이 크다.

쉽게 읽고 이해하기

소설가 김유정과 이상

김유정은 강원도 춘천에서 태어났다. 어릴 때부터 몸이 허약했으며 말을 더듬었다고 한다. 휘문고보를 거쳐 연희전문 문과를 중퇴하였다. 잦은 결석으로 인한 제적처분이었다.

1935년 『조선일보』 신춘문예에 소설 「소낙비」가, 『중외일보』에 「노다지」가 당선되어 문단에 데뷔하였다. 떠오르는 신예작가로 활동하였으며, 순수문학을 표방한 김기림, 이효석, 유치진, 이태준, 정지용 등과 함께 구인회를 결성하였다.

1936년 폐결핵과 치질이 악화되어 힘들게 작품활동을 하다가 결국 1937년 3월에 29살이라는 젊은 나이에 생을 마감한다.

그의 작품들은 대부분 농촌을 무대로 한 것으로 소박하면서도 풍자적이다. 우직하고 순박한 주인공들의 풍자적이고 해학적인 행동과 반전, 그리고 탁월한 언어감각으로 주목 받았다. 김유정의 대표적 작품 「봄

봄」은 데릴사위와 장인 사이에서 벌어지는 갈등을 재미있게 그렸으며, 「동백꽃」은 순박한 시골 소년과 소녀의 애정을 해학적으로 그리고 있다.

이상과 김유정은 1936년에 만나 서로 가깝게 지냈다. 『조광』지에 이상과 김유정은 작품을 같이 발표하였다. 이상과 마찬가지로 김유정도 폐결핵을 앓고 있었는데 이상이 김유정에게 같이 죽자고 하였으나 김유정이 거절하였다는 일화가 있다. 결국 김유정이 죽은 지 15일만에 이상 역시 생을 마감한다.

실명소설 vs 전기문

소설 「김유정」은 실제 있었던 인물의 이름을 작품에 그대로 사용하는 '실명소설'이다. 소설 속의 인물은 소설 밖에서 실제 존재했거나 존재하고 있는 인물이다.

하지만 '실명소설'은 어디까지나 소설이다. 인물의 이름을 그대로 사용했다고 해서 소설 속의 사건까지 실제로 있었던 사건 그대로라고 단언하기는 어렵다. 소설 속에서 이루어지고 있는 사건은 실제로 있었던 것일 수도 있고, 작가의 상상력에 의해서 만들어진 것일 수도 있다.

이 점이 '실명소설'과 '전기문'의 가장 큰 차이점이라고 할 수 있다. 따라서 '실명소설'에서는 사건이나 인물의 행적보다는 그것들을 통해 나타나는 인물의 성격에 초점이 맞추어진다. 허구적인 사건들을 통해 현실 속 인물의 성격을 효과적으로 보여주려는 의도가 담겨 있다.

소설 「김유정」도 마찬가지이다. 이 소설 역시 평소 말이 없던 김유정이 술에 취하면 노래를 하고, 싸움을 하는 모습에 중점을 두기보다는 그런 행동을 통해 나타나는 김유정의 인간다운 면모를 보여주는 것에 중심을 두고 있다.

　김유정에 대한 이상의 마음이 잘 나타나고 있는 것이 마지막 부분이다. "건강한 유정을 맞을 생각을 하면 나도 독자도 함께 기쁘다"라는 문장에서 김유정의 건강에 대한 염려와 건강한 모습으로 다시 글을 쓸 유정에 대한 기대가 잘 나타나있다.

　이상과 김유정. 비슷한 시기에 비슷한 나이, 비슷한 병으로 요절한 두 젊은 작가. 닮은꼴인 두 작가를 생각하며 이 소설을 읽는 것도 소설 「김유정」이 갖고 있는 '실명소설'의 색다름을 알 수 있는 한 방법이 될 것이다.

작가 알아보기

이상(李箱, 음력 1910. 8. 20 ~ 1937. 4. 17) 그는 누구인가?

본명은 김해경, 서울에서 출생하였다. 이발관을 경영하던 아버지 김연창(金演昌)과 어머니 박세창(朴世昌) 사이에서 2남 1녀 중 장남으로 태어났으나 1913년 백부 김연필의 집으로 옮겨 거기서 성장했다. 백부인 김연필과 백모 김영숙은 늦도록 소생이 없어 조카인 이상을 친자식처럼 키우고 학업도 도왔다.

여덟 살 되던 해 신명학교에 입학했으며 졸업 후 동광학교에 입학하였다. 동광학교와 보성고등보통학교가 합병되자 편입하여 화가 지망생이 되었다. 졸업 후 경성고등공업학교 건축과에 입학, 학생 회람지『난파선』의 편집에 개입하면서 시를 발표하였다.

경성고등공업학교를 수석으로 졸업한 후 1929년 조선총독부 내무국 건축과 기수로 발령을 받았고, 이 해 조선총독부 관방회계과 영선계로 자리를 옮겼다. 조선건축회의 일본어 학회지 『조선과건축』의 표지 도안 현상모집에 응모하여 1, 3등으로 당선되었다.

다음해 조선총독부에서 발간한 잡지 『조선』 국문판에 9회에 걸쳐 장편소설 「12월 12일」을 '이상'이라는 필명으로 연재하면서 객혈을 하기 시작하였다. 1931년 조선미술전람회에서 서양화 『자상(自像)』이 입선하였으며, 『조선과건축』에 일본어로 쓴 시 「이상한가역반응」 등 20여 편을 발표하였다. 이듬해 「건축무한육면각체」를 발표하였고, 『조선』에는 단편소설 「지도의 암실」(필명 : 비구), 「휴업과 사정」(필명 : 보산) 등을 발표하였다.

1933년 폐결핵으로 인해 조선총독부 기수직을 사직하여 황해도 배천에서 요양하면서 기생 금홍이를 알게 된다. 금홍이와 함께 서울로 와 다방을 개업하면서 동거한다. 같은 해 구인회의 이태준, 정지용, 김기림, 박태원 등과 교류하며, 『가톨릭청년』에 「꽃나무」, 「이런시」 등을 발표한다. 다음해 구인회에 가담하게 되며, 이태준의 도움으로 「오감도」를 『조선중앙일보』에 연재하게 된다. 그러나 난해하다는 독자들의 항의와 비난으로 인해 연재는 중단된다.

1936년 구본웅의 부친이 운영하던 창문사에 근무하면서 『시와 소설』의 창간호를 편집, 발간한다. 단편소설 「지주회시」, 「날개」 등을 발표하면서 평단의 관심을 받기 시작하고 「위독」을 『조선일보』에 연재하게 된다. 이 해 6월 변동림과 결혼하여 서울에서 신혼살림을 차린다. 그리고 새로운 문학 세계를 향해 일본 동경으로 떠나 『삼사문학』 동인 신백수, 이시우, 조풍연 등과 문학 토론을 벌인다.

1937년 사상 혐의로 동경 니시간다[西神田] 경찰서에 피검된 후 폐결핵 악화로 인해 동경제국대학 부속병원으로 옮겨진다. 단편소설 「동해」, 「종생기」를 발표하고 28세의 일기로 요절한다.

이상은 한국 현대문학사에 있어 가장 활발하게 논의되어 온 작가이며 동시에 문학적 논의의 여지를 많이 남기고 있는 작가 중 하나이다. 이상의 문학에 대한 논의는 자전적 글쓰기, 기이한 행동, 특수한 가정환경, 성적 기행, 결핵 등과 같은 개인에 대한 전기적, 심리적 접근을 통해 연구되거나 형식적, 미학적, 철학적 접근의 방법으로 연구되기도 하였다.

이상의 문학은 많은 연구에서도 드러나듯이 자전적 소설(「봉별기」, 「김유정」 등)이 많을 뿐만 아니라 자의식을 강조하거나 내면 지향적인 것들(「종생기」, 「날개」 등)이 많다. 뿐만 아니라 외적 현실이나 일상에 대한 감정들이 철저하게 왜곡되거나 부정되어 있다. 「종생기」에서는 내면의 세계와 현실의 세계가 계속해서 반복된다. 또한 「봉별기」에서 주인공 이상은 사랑하는 여자에게 다른 남자를 소개시켜 준다. 「날개」에서 '나'는 자신의 방에서 나오지 않고 자신만의 세계에 갇혀 계속 상상의 나래를 편다.

일제 식민지라는 시대의 비극적 상황은 이상으로 하여금 현실을 있는 그대로 사실적으로 보지 않고 현실을 왜곡하고 외부의 세계가 아닌 내면의 세계로 잠적할 수밖에 없도록 했던 것은 아닐까? 그러기에 오히려 이상의 문학은 불후한 천재의 의식을 그대로 반영하며 아픈 현실을 철저히 왜곡시켜 역설적으로 리얼리티를 갖게 만든다.
  이상의 문학은 어렵다. 그러나 난해하기 때문에 연구에서 배제되기보다는 오히려 계속 반복되어 논의되고, 또 읽히고 있다. 이상은 어렵고 난해한 문장들을 통해 부조리한 현실을 그리고 있으며, 천재적 문학작품들을 써내어 지금까지 읽혀지고 새로운 의미들을 계속 찾아내게 하고 있다.

내일이 더욱 나아질 것이라는 기대만큼 강력한 영양제는 없다.
― 오리슨 스웨트 마든(미국의 작가, 1850~1924)